ブッツァーティ短篇集 Ⅱ

現代の地獄への旅

ディーノ・ブッツァーティ
長野 徹 訳

東宣出版

目次

ブッツァーティ短篇集Ⅱ

現代の地獄への旅

卵

L'uovo

国際紫十字が、十二歳未満の子どもたちのために、ヴィッラ・レアーレの庭園で卵探しのイベントを企画した。チケットは二万リラだった。

卵は干し草の山の中に隠されている。よーいドンで、子どもたちが見つけ出した卵は自分のものになるのだ。チョコレートの卵に、金属の卵に、厚紙の卵。種類も大きさもさまざまな卵が用意されていて、卵の中にはすてきな物が入っている。

パートタイムの女中ジルダ・ソーゾは、勤め先のゼルナッタ家で、その話を耳にした。ゼルナッタ夫人は四人の子ども全員をそこに連れていくそうだ。ぜんぶで八万リラかかる計算だ。

ジルダ・ソーゾは二十五歳。美人ではないが、醜くもない。小柄でほっそりとした体つきで、顔は誠実さにあふれ、溌剌(はつらつ)としている。だが、心の奥底には秘めた望みもあった。四歳の娘がいた。かわいらしい子だが、父親がいなかった。ジルダは娘を卵探しに連れていこうと思った。

その日がやって来た。ジルダは娘のアントネッラに新しいスプリングコートを着せ、良家の子どもに見えるようにフェルトの帽子をかぶらせた。母親のほうはと言えば、上流階級の婦人に見せるわけにはいかなかった。あまりにみすぼらしい服しか持っていなかったからだ。だが、もっといい手を考えついた。一種のボンネットを頭にかぶり、ベビーシッターのような恰好(かっこう)をしたのだ。注意深くしげしげと眺めなければ、ジュネーヴかヌーシャテルで免状を取得した上級ベビーシッターにだって見えるだろう。

こうして、親子は時間までにヴィッラ・レアーレの入り口にやってきた。ジルダは立ち止まって、あたかも主人を待っているベビーシッターであるかのように、まわりをきょろきょろ見まわした。そうこうするうちに、りっぱな家の車が続々と到着し、卵探しに来た良家の子女たちが車から降りてきた。四人の息子たちを連れたゼルナッタ夫人も到着した。ジルダは姿を見られないように、離れたところに移動した。

ジルダの努力は無駄に終わるのだろうか？　子どもを連れてタダで入場できるチャンスを与えてくれるような騒ぎや混乱はなかなか起きそうになかった。

卵探しの開始は三時だった。三時五分前には、大統領が乗るような車が到着した。ある重要なポストに就いている大臣の夫人が、二人の子どもを連れてわざわざローマからやってきたのだった。すると、国際紫十字の会長や評議員、会員の女性たちが大臣夫人を出迎えに駆けよった。願ってもないチャンスだった。

このときとばかり、ベビーシッターのふりをしたパートタイムの女中ジルダは子どもを連れて庭園に入った。そして、娘が体の大きな子やずるい子に押しつぶされたりしないように、最後の注意を与えていた。

芝生のあちこちに、大小さまざまな干し草の山が、数え切れないほど散らばっていた。三メートルはあろうかという干し草の山もあった。その中には、いったい何が隠されているのだろう。ひょっとすると、何もないのかもしれなかったが。

合図のラッパが鳴り、スタートラインを示すロープが落とされた。形容しがたい叫び声を上げながら、子どもたちは卵めがけて突進した。

だがアントネッラは、良家の子どもたちのあいだで気後れを感じていた。どちらに向かっていいかもわからぬまま、右往左往するばかりだった。そのあいだにも、ほかの子たちは、干し草の山の中を探しまわっていた。すでに何人かは、（いったい中にどんなすばらしいものが入っているのか）チョコレートや厚紙でできた色とりどりの大きな卵を抱きしめて母親のもとに走っていた。

アントネッラもようやく、干し草の中につっこんだ小さな手が滑らかで固いものに当たった。丸みから判断するに、大きな卵にちがいなかった。「あった！　あった！」大喜びで叫んだ。そして卵をつかもうとしたとき、ひとりの男の子がラグビー選手のように突進してきた。すぐに、男の子はトロフィーか何かのように卵を腕に抱えて遠ざかっていった。おまけに、ぺろっと舌を出してアントネッラをからかった。

子どもたちはなんとすばやいことか。ゲームのスタートは三時だった。ところが三時十五分にはもう、目ぼしい戦利品は持ち去られたあとだった。ジルダの娘は、手ぶらのまま、ベビーシッターの恰好をした母親をさがしてあたりを見まわしていた。もちろん、とても悲しかった。でも、絶対に泣くまいとしていた。ほかの子に見られたら恥ずかしいからだ。ほかの子どもたちはもう、みな、多かれ少なかれ戦利品を手にしていた。何も持っていないのは、アントネッラだけだった。

かき集めたすてきな卵の山をひとりで苦労しながら運んでいる、六、七歳の金髪の女の子がいた。アントネッラは彼女を見て目を丸くした。

「あなた、ひとつも見つけられなかったの?」金髪の女の子は親切に声をかけた。「うん、ひとつも」「よかったら、私の卵をひとつあげるわ」「ほんと?　どれを?」「小さいのを」「これは?」「いいわよ。それをあげる」

「ありがとう」アントネッラは、すっかり気持ちが明るくなって言った。「あなた、なんて名前なの?」

「イニャッツィアよ」金髪の女の子は答えた。

そのとき背の高い婦人が二人のあいだに割って入った。イニャッツィアのお母さんにちがいなかった。「どうしてこの子に卵をあげたの？」

「あげたんじゃないわ。この子が盗ったのよ」子ども特有の不可解な意地の悪さから、イニャッツィアはとっさに答えた。

「うそよ！」アントネッラは叫んだ。「もらったの！」それはぴかぴかしたきれいな厚紙の卵だった。箱のように開けられるにちがいない。中には、人形のセットや刺しゅう道具一式でも入っているのだろう。

言い争いを聞きつけて、白い服を着た紫十字の会員の女性が近づいてきた。年は五十前後だろう。

「あなたたち、いったいどうしたの？」女性はにこやかにたずねた。だが、感じのいい笑い方ではなかった。「何か気に入らないことでもあるの？」

「いえ、何でもありませんわ」イニャッツィアのお母さんが答えた。「どこの子か知りませんけど、この子が娘の卵をひとつ盗ったんです。でも、かまいませんわ、私としては。喜んであげますわ。さあ、イニャッツィア、行きましょう」

けれども女のほうは、一件落着したとは考えなかった。「あなた、卵を盗ったの？」アントネッラにたずねた。「ちがうわ。あの子がくれたの」「ああ、そう？　あなたの名前は？」

「アントネッラ」「名字のほうは？」「ソーゾ」「ママは？　ママはどこなの？」

まさにそのとき、アントネッラは母親を見つけた。彼女は、四メートルほど離れたところから、じっと動かずに、この場面を見守っていた。

「あそこ」と答えて、女の子は指さした。

「あの人？」女はたずねた。「うん」「お守りの人じゃないの？」

そのとき、ジルダが前に進み出た。「私は母親です」

女は、困惑顔でジルダをじろじろ眺めた。「失礼ですが、奥さん、チケットはお持ちですか？　見せていただけませんか？」

「持っていません」アントネッラのそばに立ちながら、ジルダは答えた。「無くされたのですか？」「いいえ、最初から持っていないんです」「それじゃ、こっそり入ったんですか？　だとすると、話がちがってきます。それじゃ、お嬢ちゃん、この卵はあなたのものじゃありません」

彼女はためらうことなく、アントネッラの手から卵をひったくった。「資格がありません。出ていってください」

女の子は、足に根が生えたように動かなかった。小さな顔に刻まれた深い悲しみに、世界中の空が曇りはじめた。

女が卵を持って立ち去ろうとしたとき、ジルダの感情が爆発した。屈辱感、心労、怒り、そして長年抑えつけてきた望みが膨れ上がり、叫び出した。pやbやtやsやその他のアルファベットで始まる、恐ろしいののしり言葉を女性に浴びせた。

その場には、大勢の人が、卵を抱えた子どもたちを連れた上流社会の上品な婦人たちがいた。ある者は恐れをなして逃げ出した。また、ある者は動かずに抗議した。「恥知らずな！　呆れた人だわ。子どもたちが聞いているのに！　やめさせて！」

「出ていきなさい！　ここから出ていって！　さもないと、警察を呼ぶわよ！」紫十字の会員の女は命じた。

だが、アントネッラはわっと泣き出した。岩をも動かすような泣き声だった。ジルダはいまや、我を忘れていた。怒りと恥辱と悔しさが彼女にとてつもない、抵抗できないエネルギーを与えていた。「あんたこそ恥を知りなさい。何も持っていない私の娘から小さな卵を取り上げるなんて。あんた、自分がどんな人間かわかってる？　人でなしよ！」

警官が二人到着して、ジルダの手をつかんだ。「出ろ！　すぐに出るんだ！」彼女はもがいた。「放して、放してよ、このろくでなし！」

警官たちは彼女に飛びかかった。両側からつかむと、出口まで引きずっていった。「いっしょに署まで来てもらおう。留置場で頭を冷やすんだ。警察を侮辱するとどういう目に遭うか、思い知らせてやる」

相手が小柄な女にもかかわらず、警官たちは彼女を抑えるのに苦労していた。「いや、いやよ！」ジルダは叫んでいた。「私の娘！　私の娘が！　放して、卑怯者！」女の子は、母親のスカートにしがみついていた。騒ぎの中で、右に左に振りまわされていた。すすり泣きながら、助けを求める悲痛な声を上げた。

男女合わせて十人くらいが、彼女に対して敵意をあらわにした。「気がふれている。拘束衣を着せて！　病院へ連れてって！」囚人護送車が到着した。扉が開くと、ジルダは地面から抱え上げられた。紫十字の会員の女が女の子の腕を乱暴につかんだ。「さあ、あなたは私と来るのよ。あなたの母親に思い知らせてやるわ」

理不尽な仕打ちが、時には恐るべき力を解き放つことがあるということを、みな忘れていた。

「放してったら、放してよ」車に乗せようとする警官たちに、ジルダは叫んだ。「放しなさいよ。さもないと殺すわよ」

「もううんざりよ！　さっさと連れていってちょうだい」女の子をおとなしくさせようと

しながら、会員の女は命令口調で言った。

「それじゃ、まず、あんたがくたばるといいわ」ジルダはますます激しくもがきながら叫んだ。

「ああ」とうめき声を上げるると、白い服の女は、死んだように、へなへなと地面に倒れた。

「こんどは私の手をつかんでるあんたもよ！」女中は言った。

体が一瞬もつれあったかと思うと、警官のひとりが意識を失って車から転がり落ちた。ジルダが一言発すると、すぐに二人目がばったり倒れた。

得体のしれない恐怖を感じて、みな後ずさりした。母親のそばには誰もいなくなった。人々はもう手を出そうとはしなかった。

ジルダはアントネッラの手を取って、安心して進んだ。「どいて、どいてよ。通るんだから」みな道を開けた。彼女に触れようという勇気のある者はいなかった。それでも、遠ざかっていく彼女のあとを、二十メートルほどの距離を取りながら、ついて行った。町の人々が我先に避難するなか、援軍のトラックが、サイレンを鳴らした救急車と消防車とともに、到着した。警察署の副署長が作戦の指揮をとった。「放水しろ！　催涙ガスを使え！」と言う声が聞こえた。

ジルダがきっとにらむように振り向いた。「やれるもんなら、やってごらんなさいよ」彼女は、傷つき侮辱された母親だった。そして自然の力を解き放っていた。

武装した警官たちが彼女を取りかこんだ。「手を上げろ！」威嚇射撃の銃声が響いた。「私の娘まで殺す気？」ジルダは叫んだ。「通してちょうだい」

彼女は平然と進みつづけた。触れもしないのに、六人の警官が束になって地面に倒れた。

こうして、母娘は家までたどり着いた。郊外の草地に建っている大きなアパートを、警察の治安部隊が取りかこんだ。

拡声器を手にした警察署長が進み出た。アパートの住人全員に五分以内に退去するよう指示した。怒り狂った母親には、災いに巻き込まれるのを避けるために、子どもを引き渡すよう命じた。

ジルダは最上階の窓から顔をのぞかせた。そして理解できない言葉を叫んだ。警察の部隊は、まるで目に見えない大きなものに押し返されたかのように後退した。「何をしている！前進しろ！」指揮官たちがどなった。だが、その指揮官たちも、よろめきながら後退した。

アパートには、もうジルダと娘しか残っていなかった。煙突から細い煙が立ち上っているところを見ると、夕食の支度をしているのだろう。

夕闇が迫る頃には、第七機甲連隊の部隊がアパートを遠巻きに取りかこんでいた。ジルダは窓から顔を出して、何か叫んだ。一台の重戦車がバウンドしはじめ、バタンとひっくり返った。二台目、三台目、四台目と続いた。謎めいた力があちこちで、まるでブリキのおもちゃのように、戦車を揺さぶった。ついには、戦車の群れは完全に壊れ、奇妙な姿勢を取ったまま動かなくなった。

戒厳令が敷かれ、国連軍が介入した。町の周辺部には、広範囲にわたって退去命令が出された。夜明けとともに爆撃が始まった。

バルコニーに顔を出したジルダと娘は、静かにその光景に立ち会った。どうしてひとつも手榴弾（しゅりゅうだん）がアパートまで届かないのか、誰にもわからなかった。爆弾はすべて、三、四百メートル手前の空中で爆発した。やがて、ジルダは部屋の中に引っ込んだ。アントネッラが爆発音に怯（おび）えて泣き出したからだ。

兵糧攻めにすることになった。水道管が切断された。だが、毎朝毎晩、煙突からは煙が上っていた。ジルダが料理をしているしるしだった。最高司令部は、X時に攻撃をかけることを決めた。X時には、周囲何キロにもわたって大地が揺れた。アパートを幾重にもぐるりと取りかこんだ戦車の群れが、この世の終わりのような轟音（ごうおん）を立てながら、突き進んだ。

ジルダはまた顔をのぞかせて、叫んだ。「いいかげんにしてよ。ほっといてちょうだい」

戦車部隊は、まるで目に見えない波に呑（の）み込まれたかのように、上下に揺れ動いた。そして死を積み込んだ鋼鉄の象たちは、恐ろしい音を立てながら、ねじ曲がって、鉄くずの山に変わりはてた。

国連事務総長が白旗を高く掲げながら前進した。ジルダは家に入るように合図した。

事務総長は女中に、和平の条件をたずねた。国はいまや疲弊していた。国民も軍隊もこれ以上は耐えられなかった。

ジルダはコーヒーを勧めると、言った。「娘のために卵をひとつください」

十台のトラックがアパートの前で止まった。女の子が選べるように、ありとあらゆる大きさの、すばらしく美しい卵が降ろされた。宝石をちりばめた、直径三十五センチのずっしりとした金の卵さえあった。

アントネッラは小さな卵を選んだ。それは、慈善団体の女が取り上げたものと同じ、きれいな厚紙でできた卵だった。

甘美な夜

Dolce notte

彼女は眠りの中で小さなうめき声を上げた。

もう一つのベッドのかたわらでは、彼がソファーに座り、ランプの丸い光で本を読んでいた。視線を上げた。彼女はかすかに体を震わせ、何かを振り払おうとするかのように、頭を動かした。目を開け、驚いたような顔で男をじっと見つめた。まるでその顔をはじめて見るかのように。それから、かすかに微笑(ほほえ)んだ。

「どうしたんだい?」

「何でもないわ。なぜだか、不安か胸苦しさのようなものを感じるの」

「ちょっと旅の疲れが出たんだよ。毎回そうだ。そのあとで少し熱が出る。心配するな。明日の朝には、すっかり元気になっているよ」

彼女は束の間おし黙って、あいかわらず大きく見開いた目で彼を見つめていた。町からやってきた二人にとっては、田舎の古い家の静寂はあまりに強烈だった。まるで、壁や梁(はり)や家具などがじっと息をひそめ、密かに何かを待っているように感じられる、そんな謎めいた深い静寂だった。

やがて、彼女は静かに言った。

「カルロ、庭に何かいるの？」

「庭に？」

「カルロ、お願い。起きているのなら、ちょっと外を見てちょうだい。奇妙な感じがするの、まるで……」

「誰かがいるような？　まさか。こんな時間に、いったい誰がいるっていうんだい？　泥棒だとでも？」そう言って彼は笑った。「泥棒も、わざわざこんな古いあばら家をねらったりはしないさ」

「お願いよ、カルロ。ちょっと見てみて」

彼は立ち上がると、窓ガラスとよろい戸を開けた。外を眺めて、驚いた。その日の午後は、にわか雨が降った。そしていま、大気は信じられないほど澄みきっていて、四分の一ほど欠けた月が煌々と庭を照らしていた。庭に動くものは見当たらず、人気もなく、静かだった。コオロギやカエルの鳴き声も、まさにその静寂の一部になっていたからだ。

滑らかな芝生が広がる、ごくシンプルな造りの庭だった。丸い円を描くように、白い砂利を敷きつめた小径があって、そこからさらに、周囲にむかっていくつもの小径が放射状にのびていた。そして小径の周囲は花々で縁取られていた。彼が幼い頃を過ごしたのも、この庭だった。人生の痛ましいかけらであり、失われし幸福のシンボルだった。月の夜にはいつも、庭は謎めいた言葉でしきりに何かを語りかけているかのように思えた。東側には、アーチ型にくりぬかれたシデの垣根が逆光に黒々とそびえていた。南側には低いツゲの生垣、北側には、菜園に通じる階段とロマンチックな趣の納屋、そして西側には家があった。誰もうまく言い表すことのできたためしのない、この荘厳な雰囲気の中で、自然は月明かりの下で眠り、すべてのものが安らいでいた。けれども、眺めることはできても、けっしてわがものにはならない強烈な美しさゆえか、その光景に、彼はいつもながら胸が締めつけられるような感覚をおぼえるのだった。

「カルロ」じっと立ちつくして外を眺めている彼の姿に不安になったマリーアが、ベッドから声をかけた。「誰かいるの?」

カルロは、よろい戸は開けたまま窓を閉めて、振り向いた。

「誰もいないよ。月がすばらしいよ。こんな穏やかな夜は見たことがない」彼はふたたび本を手に取ると、ソファーにもどって腰をおろした。

十一時十分だった。

まさにそのとき、庭の南東の端の、シデの木の影の中で、草のあいだに隠れた上げ蓋(ぶた)がぎごちなく持ち上がっていったかと思うと、横にずれ、地下に伸びている地下道の入り口が開いた。とつぜん、ずんぐりとした黒っぽい生き物がそこから飛び出し、せかせかとジグザグに走りはじめた。

草の茎につかまって、一匹のバッタの子どもがのんびりと休んでいた。緑色の柔らかなお腹が呼吸に合わせてしずかに脈打っていた。トタテグモはバッタの胸部に勢いよく鉤爪(かぎづめ)を突き刺し、引き裂いた。小さなバッタはもがき、長い後ろ脚を跳ね上げたが、一度きりで終わった。すでに獲物の頭を引き抜いた恐ろしい鉤爪は、こんどは腹の中に深く突き刺さっていた。裂け目からあふれ出た体液を、死刑執行人が貪欲(どんよく)にすすりはじめた。

残忍な食事の喜びにひたるあまり、クモは、巨大な黒い影が背後から近寄ってくるのに気づくのが遅れた。パクリ。獲物を脚で抱きかかえたまま、クモはヒキガエルの口の中に消えていった。

けれども庭は、神々しい静寂と詩情に満ちていた。

菜園にむかって這(は)っていたカタツムリの柔らかい体に、毒の注射針が突き刺さった。カタツムリはなおも二センチほど進んだところで、頭をめぐらし、足が動かないことに気づいた。命運が尽きたのをさとった。薄れゆく意識の中で、襲ってきたオサムシの幼虫の顎(あご)が、自慢の大きくてりっぱで弾力のある体に穴をあけ、肉をかじり取るのを感じた。

惨めな死へと向かう最後の命の脈動の中で、カタツムリは、憎らしい幼虫がタランチュラコモリグモによって銛を打ちこまれ、一瞬で八つ裂きにされたのを知ることができて、わずかな慰めを得た。

その少しむこうでは、のどかな光景が見られた。一匹のホタルが、光を精一杯瞬かせながら、葉の上に物憂げにとまって光りつづけている魅力的なメスのホタルのまわりを飛びまわっていた。イエスなのノーなの？　イエスなのノーなの？　オスはメスに近づいて、愛撫を試みた。メスは抵抗しなかった。愛の熱狂に、オスは月夜の草むらが地獄であることを忘れていた。メスを抱こうとしたそのとき、キンイロオサムシが、一撃のもとにオスボタルの腹を真一文字に引き裂いた。オスの発光器は、「イエスなのノーなの」とたずねながら、瞬きつづけていた。そして捕食者はすでにその半分を呑み込んでいた。

そのとき、半メートルも離れていないところで、荒々しい狩りが行われていた。それは、ほんの数秒の出来事だった。巨大な何者かが、目にもとまらぬ速さで、空からふわりと下りてきたのだ。トタテグモを呑み込んだヒキガエルは、背中に恐ろしい痛みを感じて、振り返ろうとした。だがその体は、すでに老練なメンフクロウの爪につかまれて、宙に浮いていた。

だが、見渡しても、何も見えなかった。庭は、神々しい静寂と詩情に満ちていた。

死の狂宴は、夜の帳が降りると同時に始まった。それはいまや最高潮に達し、夜が明けるまで続くことだろう。いたるところで、殺戮、虐殺、拷問がくり広げられていた。頭蓋骨に鑿が打ち込まれ、鉤爪が脚を砕き、鱗をはぎ取り、内臓をかきまわし、やっとこが外皮を押しつぶし、錐が突き刺し、歯がすりつぶし、針が毒と麻酔薬を注入し、糸がからめとり、消化液がまだ生きている獲物を溶かす。ワムシ、クマムシ、アメーバ、原生動物などの苔の中に棲むミクロの住人から、クモ、オサムシとその幼虫、ムカデ、さらにはアシナシトカゲ、サソリ、ヒキガエル、モグラ、フクロウにいたる、数かぎりない路上の暗殺者の軍勢が殺戮に明け暮れ、虐殺し、痛めつけ、引き裂き、八つ裂きにし、むさぼる。譬えるならば、それは、大都会において毎晩、全身くまなく武装した血に飢えた何万もの極悪人が、隠れ家から出てくるや、家々に押し入り、眠っている人々の喉を切り裂いていくようなものだった。

　とつぜん庭の奥で、コオロギのカルーソ〔エンリーコ・カルーソ(Enrico Caruso, 1873-1921)のこと。ナポリ生まれの有名なテノール歌手〕がモグラに惨殺されて沈黙した。生垣のそばでは、オサムシに嚙み砕かれたホタルの光が消えた。蛇に締めつけられ、しゃくりあげるような声とともに、カエルの歌が途絶えた。蛾はもう、窓ガラスの明かりにむかって飛んでこない。コウモリの胃袋の中で、ボロボロの羽根をばたつかせながら身もだえしているのだ。縦三十メートル横二十メートルの、眠りについた夜の庭は、人以外の多くの被造物にとっては、恐怖、苦悩、責め苦、断末魔の苦しみ、そして死に満ちた場なのだ。周囲の田園においても、ガラスのような月の光を浴びて輝いている青白く神秘的な山並みの向こうにおいても、それは同じだ。夜の闇が降りると同時に、この地上のあらゆる場所で、同じことが、大量殺戮、皆殺し、大虐殺が行われる。そして夜が去り、日が昇ると、新たな虐殺が始まるのだ。別の通り魔たちによって、同様の残忍さをもって。太古の昔からそうだった。そして、この先も幾世紀にもわたって、この世の終わりが訪れるまでそうだろう。

マリーアはベッドの上で、声にならない声をあげながら寝返りを打った。そして、おびえたように、ふたたび目を開けた。

「カルロ。わたし、とても怖い夢を見たの。庭で誰かが殺される夢なの」

「安心おし。ぼくももう、そっちに行って寝るから」

「怒らないでね、カルロ。またあの奇妙な感じがするの。庭で何かが起こっているような」

「何が起こるっていうんだい？」

「いやだと言わないで。お願いよ、カルロ。ちょっと外をのぞいてみて」

彼は頭を振って、笑った。立ち上がり、窓を開けて、見た。

月の光をあびて、世界は深い静寂の中に横たわっていた。あの魔法のような感覚、あの不可思議な懊悩（おうのう）がよみがえった。

「安心してお眠り。誰もいやしないから。こんな穏やかな夜は見たことがないよ」

目には目を

Occhio per occhio

近くの町まで映画を観に行っていたマルトラーニ家の人々は、夜遅くに、郊外に建つ古くて大きな家に帰ってきた。

マルトラーニ家の人々というのは、地主で父親のクラウディオ・マルトラーニ、彼の妻のエルミニア、娘のヴィクトリアとその夫で保険代理業を営むジョルジョ・ミローロ、息子で学生のジャンドメーニコ、そして、少々耄碌した年寄りの伯母のマテルダの六人だ。

短い帰途の道すがら、彼らは、ラン・バンタートン、クラリッサ・ヘイヴン、有名な性格俳優マイク・ムスティッファが出演した、ジョージ・フリッダー監督の西部劇『緋色の封印』についてコメントし合っていた。そして車をガレージに入れて、庭を横切るあいだも、まだ映画について話していた。

ジャンドメーニコ「でもねえ。一生復讐のことしか考えない人間なんて、僕に言わせれば卑怯者、下劣な人間だよ。さっぱり理解できないね……」

クラウディオ「おまえにはまだわからないことが多いだろうが、古来、名誉を傷つけられた紳士にとっては、復讐は基本的な義務なんだ」

ジャンドメーニコ「名誉ねえ！　でも、その名誉って、いったい何なの？」
ヴィクトリア「私は、名誉って、とても神聖なものだと思うわ。たとえば、力のある人間がいて、そいつがその力を悪用して非道なことをして、自分よりも弱い者を踏み潰したら、私だったら、怒りがこみあげてくるわ。怒りが……」
マテルダ伯母さん「血は……えーっと、なんて言ったかしら？……ああ、そうそう、『血は血を呼ぶ』だわ。子どもの頃のことだけど、まだ憶えてるわ。有名なセッラロット裁判のことを……で、そのセッラロットっていうのはリヴォルノ出身の船主で……いや、待って、混同しているわ……リヴォルノ出身なのは彼を殺した従兄のほうで……彼は……そう、オネッリア出身よ。うわさでは……」
エルミニア「もうたくさん。寒くてたまらないのに、夜が明けるまでこの庭にいるつもりじゃないでしょうね。もう一時近くよ。クラウディオ、扉を開けてちょうだい」
彼らは扉を開け、電気をつけ、広々とした玄関ホールに入った。そこから、彫像や甲冑が立ち並ぶ厳かな階段が上の階までのびている。一家が階段を上ろうとしたときだった。列の一番後ろにいたヴィクトリアが叫んだ。
「いやー！　見て、ゴキブリよ。いっぱいいるわ」

モザイク床の隅に、もぞもぞと動いている、細く黒い筋があった。整理ダンスの下から出てきた何十四もの虫が、床と壁のあいだの隙間の小さな穴に向かって、一列縦隊で行進しているのだった。虫たちは、見るからにあわてふためいていた。明かりと家の住人たちの帰宅に驚いて、大急ぎで進もうとしているのだ。

六人とも近づいてみた。

「こんな古くておんぼろな家だから、ゴキブリが出るのよ！」ヴィクトリアが言い立てた。

「この家でゴキブリが出たことは一度もないわ」母親がきっぱりと否定した。

「じゃあ、これは何なの？　蝶々（ちょうちょう）？」

「庭から入ってきたんだろう」

人間たちの議論をよそに、虫たちは、列を崩すことも、バラバラに逃げ出すこともなく、歩みつづけていた。彼らに差し迫っている運命は知るよしもなかった。

「ジャンドメーニコ、ガレージに行ってくれ。殺虫剤のスプレーがあるはずだから」父親が言った。

「こいつらは、ゴキブリには見えないけど」息子は言った。「ゴキブリなら列を作ったりしないよ」

「たしかに……それに、この背中のきれいな筋は……この鼻も……こんな長い鼻をしたゴキブリなんて見たことがない」

ヴィクトリア「もう、何とかしてよ。家に入れたいの？」

マテルダ伯母さん「もし、上の部屋まで行ったら、チッチーノの揺りかごによじ登っちゃうわ……赤ん坊の口はミルクの味がするし、ゴキブリはミルクが大好きだから……それとも、それはネズミだったかしら……」

エルミニア「お願い、嫌なこと言わないで……天使のように眠っているあの子の口を舐（な）めるだなんて！　クラウディオ、ジョルジョ、ジャンドメーニコ、何をぐずぐずしてるの。早く殺してちょうだい！」

クラウディオ「わかったぞ。これは、半翅類（リンコーティ）〔カメムシ、セミ、ヨコバイなどの昆虫のグループ〕だ」

ヴィクトリア「何？」

クラウディオ「半翅類（リンコーティ）。ギリシャ語の〈ris〉、〈rinos〉から来ていて、鼻のある虫って意味さ」

エルミニア「鼻があろうとなかろうと、そんなもの、家に居てほしくないわ」

マテルダ伯母さん「でも、注意しなさい。災いをもたらすかもしれないわよ」

エルミニア「何ですって？」

マテルダ伯母さん「真夜中を過ぎて生き物を殺すと、災いをもたらすのよ」

エルミニア「伯母さんったら、気味の悪いことを言わないでちょうだい」
クラウディオ「さあ、ジャンドメーニコ、殺虫剤を取ってきてくれ」
ジャンドメーニコ「僕だったら、ほっとくけどね」
エルミニア「あんたって子は、いつもへそ曲がりなんだから！」
ジャンドメーニコ「じゃあ好きにしたら。僕はもう寝るから」
ヴィクトリア「あんたたち男ときたら、いつだってそう。卑怯なんだから。どうすればいいか、ちょっと見てて」
彼女は靴を脱ぐと、身をかがめて、虫の行列の上に靴を斜めに振り下ろした。水ぶくれがつぶれるようなグシャッという音が聞こえた。三、四匹が、黒っぽい染みになって、動かなくなった。
彼女の手本が功を奏した。部屋に上っていったジャンドメーニコと頭を振っているマテルダ伯母さんをのぞいて、ほかの者たちは狩りに没頭した。クラウディオは靴の裏、エルミニアは蠅(はえ)たたき、ジョルジョ・ミローロは火かき棒で、虫をたたきつぶした。
だが、一番夢中になったのは、ヴィクトリアだった。「ほら、このいやらしい虫たちを見て。逃げてくわ……おまえたちを行軍させてやる！……ジョルジョ、タンスを動かして。その下に集まっているにちがいないから……グシャッ！　グシャッ！　これでも食らえ！　おやっ、死んだの？……こっちのを見てよ。テーブルの脚の下に隠れようとしているわ。ずるいやつね。出てきなさい、出てきなさいよ。グシャッ！　おまえも片付いた！　このちっちゃいのは……脚を上げているわ。歯向かおうっていうのね……」

　まるで赤ん坊のようにひときわ小さな一匹が、ほかの虫たちのように逃げるかわりに、死の攻撃をものともせず、ヴィクトリアのほうに向かって元気に走っていた。そのうえ、攻撃されると、どういうわけか、無鉄砲にもまっすぐに立ち、前脚を前に突き出した。くちばしのような小さな吻から、かすかな、だが、少なからず憤慨しているような、キイキイいう音を出した。

「おや、こいつはなんて悪いやつなの。おまけにキイキイ鳴いてるわ……このチビ助は、私に噛みつきたいの？　グシャッ……気に入った？　ああ、抵抗するの？　腸が飛び出してもまだ歩けるのね……それなら、食らえ！　グシャッ！　グシャッ！」虫は床に張りついた。

　そのとき、マテルダ伯母さんが言った。「誰か上にいるの？」

「どうして？」

「話し声がするの。聞こえない？」

「誰が話すって言うの？　上にはジャンドメーニコと赤ん坊しかいないわ」

「でも、あれは声よ」マテルダ伯母さんは言い張った。

みな手を止めて、耳をすました。そのあいだに、生き残ったわずかな虫たちは、手近な隠れ家にむかって懸命に進んだ。

たしかに、誰かが階段の上で話していた。深く、声量のある、バリトンの声だった。もちろん、ジャンドメーニコの声でも、赤ん坊の泣き声でもない。

「ああ、泥棒よ！」エルミニア夫人がうめくように言った。

ミローロが舅にたずねた。「拳銃はある？」

「あそこに、一番下の引き出しに」

バリトンの声といっしょに、別の声も聞こえてきた。細くて、甲高い声が、最初の声に答えていた。

マルトラーニ家の人々は、押し黙って、玄関ホールの光の届かない、大階段の上を見上げていた。

「何か動くものがいるわ」エルミニア夫人がつぶやいた。

「そこにいるのは誰だ？」クラウディオが勇気を出して叫ぼうとした。だが、奇妙なあえぎ声がもれただけだった。

「ねえ、階段の明かりをつけに行ってちょうだい」妻が夫に言った。

「おまえが行けよ」

黒い影がひとつ、いや二つ、三つと、階段を下りてきた。何だかわからなかった。細長くて揺れている黒い袋みたいに見えたが、会話していた。その言葉も聞き取れた。

「なあ、どう思う?」バリトンの陽気な声が、まぎれもなくボローニャなまりのアクセントで言った。「こいつらはサルだろうか?」

「チビで、醜くて、いやらしくて、いまいましいサルね」相手は専門家ぶった口調で言った。発音から外国人であることがわかった。

「こんなでかい鼻をしてるのに?」相手は下卑た笑い声を響かせながら言った。「こんな鼻のサルをいままで見たことがあるか?」

「さあ、急いで。じゃないと、あの獣たちは逃げてしまう……」女性の声が急きたてた。

「いや、逃げられはしないよ。ほかの部屋にはおれの兄弟たちがいるし、庭にも見張りがいるから!」

トン、トン。階段を松葉杖で突くような音が聞こえた。やがて暗がりから何かが現れて、玄関ホールの明かりに照らされた。黒いラッカーを塗ったような、一・五メートルはある、堅くて長い鼻のようなもの。左右には、長い棒状のものがいくつも伸びて、手探りするように動いている。そして、トランクほどもある滑らかで堅そうな体。その体は、関節のある脚の上で揺れていた。かたわらには、体のもっとほっそりした、もう一匹の怪物がいた。彼らの後ろにも、ぴかぴかの甲冑の列のあいだを、別の怪物たちが迫っていた。それは昆虫だった。ゴキブリか、半翅類か、あるいは未知の種の昆虫だった。ちょっと前にマルトラーニ家の人々がつぶした虫だった。だが、おそろしく巨大で、悪魔のような力を持っていた。

恐怖のあまり、マルトラーニ家の人々はあとずさった。だが、不吉な松葉杖のような物音は、まわりの部屋からも、庭の砂利の上からも聞こえてきた。

ミローロが震えながら腕を上げて、拳銃を向けた。「う……う……」舅はかすれた声を出した。「撃て、撃て」と言おうとしていたのだが、舌がもつれていた。

弾が発射された。

「なあ、見ろよ。こいつら、笑わせてくれるじゃないか」さきほどのボローニャなまりの怪物が言った。

外国語なまりの連れが、ぱっと彼の横に飛び出し、ヴィクトリアめがけて飛びかかった。

「このあばずれ女」ヴィクトリアにむけて、怪物はキイキイ声を上げた。「テーブルの下に隠れようっていうのかい。ずるがしこいやつめ！……おまえはさっき、靴で楽しんでいたろう？　私たちがつぶれるのを見て面白がっていたろう？　非道な行為には、怒りがこみあげてくる。そう、激しい怒りがね！……出てこい、出てくるんだよ、人でなしめ。いま、懲らしめてやる！」

怪物は、娘の足をつかみ、隠れ家から引きずり出すと、その体めがけて、二百キロはある車のバンパーを力いっぱい、投げ落とした。

十八番ホール

Diciottesima buca

石油化学工場の工場長で、五十四歳のステーファノ・メリッツィ氏は、夏のある午後、モリセンダのゴルフ場で、友人のジャコモ・イントロヴィージ、メリッツィの娘のルチーア、そしてもうすぐルチーアの二番目の夫になるジャナンジェロ・ジュンキ伯爵といっしょにゴルフのプレーをしていた。よく晴れた日だった。

メリッツィは、でっぷりと太った重たい体の、およそ運動には向いていない男だった。だが、この難しいが穏やかなスポーツが健康維持に役立つことを期待して、ゴルフをたしなんでいたのだった。神経質な性質(たち)で、七年間続けても、さっぱり腕は上達しなかった。百打で回れればいいほうだったが、気にしていなかった。今ではそれに甘んじていたし、もっぱら験担(げんかつ)ぎのつもりでスコアをつけていた。そして結局のところ、ゴルフを楽しんでいた。友人のイントロヴィージの腕も似たり寄ったりだった。一方、娘のルチーアとジュンキのほうはなかなかのもので、ルチーアのハンディは十、ジュンキは七だった。

そんなふうに実力の差があったので、ゲームに最小限の面白みを与えるために、彼らはスクランブル方式[*1]でプレーすることにした。ルチーアは父親と組んだ。

その日は暑さのせいか、メリッツィはひどく疲れているように見え、大きな木立に囲まれたすばらしいゴルフ場を、体をひきずるように移動していた。

最初のティーショットでメリッツィは、いつものごとく、惨めなドライバーショットを放ち、ボールは川に落ちた。彼のパートナーのルチーアは、じつに卒のないショットをした。ボールはまっすぐ、力強く飛び出し、徐々に右にカーブしながら、百四十メートルほど飛んで、森の縁の、わざと雑草を伸び放題にしてある草地に落ちた。それに対してジュンキは見事なポジションに、まさにコースの真ん中にボールをもっていった。

次はルチーアが打つ番だった。だが、完全に打ち損じてしまった。ボールは荒い草の中にさらにもぐり込んだ。メリッツィは、ボールを百メートルほど先のグリーンに乗せるどころか、草むらから出せるかどうかも怪しかった。

「十番アイアンにしますか?」キャディーがたずねた。

「どれでもいい! 同じことだ!」

いつものメリッツィなら、自分が下手なのを自覚しているがゆえに、一分やそこらは時間をかけてショットした。だが、今回はちがった。まるで、やる気がなく、熱意に欠け、ゲームにも無関心なように見えた。彼は位置につくと、クラブを振り上げ、一瞬止めてから、スイングした。

はたして、ボールに触れるだろうか？　当たるだろうか？　ボールは動くだろうか？　動いたとしても、どれだけか？　十センチ？　五十センチ？　一メートル？　金属的なポンッという乾いた音が響いた。プレーヤーたちとキャディーは、驚きとともにボールを目で追った。ボールが放物線を描いて空高く上がり、そしてグリーンのど真ん中に、ホールから十五センチのところにすとんと落ちた。大きな歓声がわいた。偶然や幸運にせよ、出来すぎだった。こんな完璧なショットを決められるのは、おそらくメジャー大会の優勝者くらいだろう。

「パパ、すごいじゃない」十七番ホールが終わるころルチーアが言った。信じられないことに、最初のショットをミスしたあと、メリッツィは二度と打ち損じることはなかった。しかも、彼は疲れていて、奇跡のようなプレーにも無関心なようすに見えたので、よけいに不思議に感じられた。

「いったいどうしたっていうんだ？　どういうわけだい？」イントロヴィージが言った。

「今日のプレーは、ハンディ八はクリアしているんじゃないか」

メリッツィは、驚くほどの正確さでボールをカップに沈めると、最後から二番目のグリーンの端で立ち止まった。ハアハア荒い息をしていた。年寄りが杖に寄りかかるように、パターに寄りかかっていた。

「ジャコモ」メリッツィは低い声で言った。「おれはもう、何もかもどうでもいいんだ。心の底から、もうどうでもよくなったんだ。きみも知ってるだろう。ゴルフっていうのは、こういう心境のときに、完全に無心になったときに、うまくプレーできるってことを。少なくともおれのような人間はね。そして今日のおれは、もう、何もかもどうでもよくなっているんだ」そう言って、メリッツィはまるで何かを追い払おうとするかのように、目の前で手を振った。「この蝿（はえ）め！　うっとうしい蝿どもめ！」

「蝿だって？」

「こんなことは初めてなんだがな、ここでは。プレーを始めたときから、おれのまわりをブンブン飛びまわっているんだ」

「気づかなかったよ」と言うと、イントロヴィージは次のホールのスタート地点へ向かった。日はすでに傾き、芝生の上に影が伸びていた。

メリッツィは、ふうふう言いながら彼のあとを追った。十歩ばかり歩くと、足がふらついて立ち止まった。イントロヴィージがそれに気づいた。

「わからないな。今日のきみは、想像だにしなかったようなすばらしいプレーをしている。若者みたいに。それなのに、まるで災難にでも遭ったようにぐったりしているんだから。いったいどういうわけなんだい？」

「おれは生き血を吸われているんだ」メリッツィは悲しげに言った。

「誰に？」

「みんなにだ。ずっと吸われてきた。妻にも娘にも。そしてこんどは、娘と結婚したいというやつにも。血を少しずつな。いつからだろう？　来る日も来る日もだ。それから、労働者たちや工場委員会、税務署、社会福祉団体。いとこや貧乏な親戚たち。あの寄生虫のような連中に……もうおれは疲れたんだよ。何もかも、もうどうでもいい。疲れきった。だから、いいプレーができているんだ……まったく、うるさい蝿どもめ！」メリッツィはふたたび手で虫を追い払う仕草をした。だが、イントロヴィージの目には何も見えなかった。

最後の十八番ホールは、距離が三百八十メートルで、上りになっていた。坂を上りきったところの少し先にあるグリーンは下からは見えない。これまでなかったことだが、最初のドライバーショットでメリッツィが打ったボールの飛距離は、ルチーアのそれを十五メートルも上まわった。途方もないことだった。十四点差をつけられた対戦者たちは、いまはもうぽかんと眺めるばかりだった。メリッツィは二打目を打った。ボールは、最後の一番きつい斜面の下まで届いた。グリーンまであと百五十メートルだった。続く、五番アイアンによるルチーアのショットにはいつもの冴えが見られなかった。ボールは芝生が荒れている場所で、草の上に落ちた。

疲れたようすのメリッツィは、八番アイアンを受け取ると、あれこれ考えずに打った。二人のキャディーは、ボールの着地点を確認するためにすでにグリーンに移動していた。

「ここに落ちました、うまくグリーンの上に。それからなぜか、あちらの川のほうにバウンドしました」若い男のキャディーが伝えた。このとき太陽は、樫の木立の向こうに消え、夕闇が降りようとしていた。グリーンの向こうの地面は、草ぼうぼうの荒れた崖になってい た。だが、ボールはすとんとグリーンの上に落ちたのだった。みごとなショットだった。バウンドしたとしても、ほんのわずかで、遠くに行ったはずはない。みなはボールをさがした。メリッツィも腰をかがめて、茂みや草のあいだを見てまわった。

夕闇が降りようとしていた。万物が徐々に影へ、暗い幻影へ、人間の心の闇に似たものへと変わっていった。周囲の森から、小さな神秘的な声が聞こえてきた。けれども、木々の梢はまだ日の光に照らされていた。

「パパ、パパ、どこなの？」不意にルチーアが呼んだ。

そのとき、ジュンキが身をかがめて何かを拾い上げた。「このアイアンは誰のだ？」

それは、グリーンのすぐ下の深い草の中に落ちていた。八番アイアンだった。まだ新しかった。

ジュンキはそれをみなに見せようと持ち上げたが、はたと動きをとめて、目の前の地面を見つめた。「おやまあ！」

何だろうかと思って、みな近づいた。ラフの真ん中の、背の高い雑草の中に、巨大なヒキガエルがいた。じっと動かなかった。

ヒキガエルは沈みゆく太陽のほうを向いていた。その最後の光を体に浴びようとしているかのようだった。驚くべき生き物だったにちがいない。すばらしい愛を得たにちがいない。このうえなく幸せな生涯を送ったにちがいない。きっと王、善良な王、妖精たちの友、森の小さな神だったのだろう。だがいま、彼は死を迎えようとしていた。

体中を無数の蠅にたかられ、血を吸われていた。彼は逃れようとして長く戦ったにちがいない。だが多勢に無勢で、すでに力尽きていた。おびただしい性悪な蠅の群れは、彼に襲いかかり、血を吸いつづけていた。じっと動かずに夢中で血を吸っている蠅もいれば、イボのあいだの皮膚の柔らかい場所を探してせかせかと歩きまわっている蠅もいた。残りの蠅たちは、まるでうごめく小さな灰色の霧のように体を覆いつくし、そのせいでカエルの輪郭はあいまいにぼやけていた。王は、逃れるために戦った。だが相手の数が多すぎた。そしていま死にゆこうとしていた。

だがそれは、長い苦痛、苦悩に満ちた絶望、孤独の時だった。明日はもう太陽を拝むことはないだろう。もう二度と拝めないだろう。それでも彼はまだ、悲しげな木漏れ日を、若さと希望と愛を思い出させてくれる光を味わっていた。

汚い蠅にたかられながらも、その目にはまだ光が宿っていた。口は静かな呼吸に脈打っていた。

人間たちは、まだ目を見張ったまま、その場を動こうとしなかった。たかがヒキガエルにすぎないのに、どうして彼らはその光景に釘づけになったのか？

とつぜん瀕死（ひんし）のヒキガエルは、わずかな空気を求めるかのように、ありったけの力をふりしぼって頭を上げた。一瞬、その目がルチーアの目と合った。

若く美しく優雅な娘は、まるで何かを失ってしまったかのように、草むらのほうにぱっと振り返って叫んだ。「パパ、パパ、どこなの？」だが、メリッツィ氏の姿は見当たらなかった。

ヒキガエルを取りかこんでいた人々は、ゆっくりとあとずさった。

＊1　「スクランブル方式」……チームの全員がティーショットを打ち、セカンドショット以降はチームのベストボールを選んでその場所から全員で打って、ホールアウトするまでこれをくり返すゲーム形式。

自然の魔力

L'incantesimo della natura

ベッドに横になったまま、五十二歳の装飾画家アドルフォ・ロ・リットは、ドアの鍵が回る音を聞いた。時刻を見た。一時十五分だった。妻のレナータが帰宅したのだ。

彼女は部屋の入り口で立ち止まり、鳥の羽根のついた帽子を取ると、口元に自然に見えるように笑みを浮かべた。三十八歳。スリムな体つきで、ほっそりとした腰。子どもが怒ってしかめ面をしたときのように生まれつき曲がった唇には、どこか恥知らずでふしだらな感じがあった。

枕から頭を上げずに、彼は咎(とが)めるような調子で言った。「おれは具合が悪かったんだ」

「具合が悪かった?」彼女は洋服ダンスに近づきながら、平然としたようすで言った。

「いつものひどい腹痛だ……我慢できなかったよ」

「で、おさまったの?」妻は口調を変えずに訊(き)いた。

「少しよくなった。だが、また痛い」ここで男の声の調子はとつぜん変わり、とげとげしく激しいものになった。「で、おまえはどこに行っていたんだ? どこに行っていたか教えてくれるか? もう一時半じゃないか」

「そんなに声を張り上げなくてもいいでしょ。どこに行ってたかですって？　映画館よ。フランカといっしょにね」

「どこの映画館だ？」

「マクシマム座よ」

「で、何の映画をやってたんだ？」

「ああ、まったく、あなたったら、今夜はどうしたの？　何、この取り調べは？　どこに行っていたかだの、どこの映画館だの、何をやってたのかだの。どの電車に乗ったかも知りたいんでしょう？　フランカといっしょだったたって言ったでしょう！」

「何の映画を観たんだ？」こう言いながら、彼は、苦しげな表情を浮かべたまま、ベッドの上で移動し、小机の上の新聞を取った。

「私を監視したいの？　そうでしょう？　私が信じられないのね。だから、誘導尋問するの？　いいわ、もう何も答えない。頭を冷やすといいわ」

「おまえは、おまえは、どんな女か言ってやろうか」自己憐憫にとらわれて、ロ・リットはいまにも泣き出しそうだった。「どんな女か言ってやろうか、どんな女か……」心の内に貯めこんだ激しい怒りから、愚かな言葉をくり返していた。

「言いたきゃ、言いなさいよ！」

「おまえは……おまえは……おまえは……」その言葉を、機械的に十回はくり返した。胸の奥でうずく傷口に手をつっこんでかき回すことで暗い喜びを感じながら。「おれはここで、いまにも死にそうなんだ。それなのにおまえときたら、誰かとお出かけか。マクシマム座だと？　嘘をつけ！　おれは病気なのに、おまえは若い男たちとお楽しみってわけだ。あの女たちよりもたちが悪い」ここで効果を高めるために嗚咽するふりをしてから、口ごもりながら言った。「おまえはおれを、おれを……破滅させた。おまえは恥さらしだ。おれは病気で寝ているというのに、おまえは一晩中外にいるんだ！」

「ああ、もううんざり。うんざりだわ」そのあいだ、帽子とスーツを洋服ダンスにしまった彼女は吐き捨てるように言った。そして振り返って、彼を見た。悪意にひきつった顔は蒼白だった。「もう、いいかげんにしてよ」

「黙ってろというのか？　どこまで厚かましいんだ？　何も言わずに、見て見ぬふりをしろっていうのか？　おまえは、夜の一時まで遊び歩いて、好き勝手にして、おれには黙っていろと？」

彼女は、Sの音を響かせながら、低い声でおもむろに言った。「私がどれほどうんざりしてるかわかってる？　あんたがどれだけ醜くて、老いぼれか、あそこで見てごらんなさい、へっぽこ画家のロ・リットさん！」その言葉のひとつひとつが、彼のもっとも感じやすく傷つきやすい場所にドリルのように食い込むのを楽しんでいた。「さあ、見てごらんなさい、鏡をのぞいてごらんなさい。あんたはもう終わってるわ。ボロボロで、醜くて、歯抜けで、おまけに胸がむかつくほどしみったれていて！　芸術家ですって？　悪臭まで放っているわ。部屋中臭くてたまらないのがわからないの？」吐き気がするふりをしてあざ笑いながら、彼女は窓を開け放ち、きれいな空気を吸い込もうとするかのように、窓から身を乗り出した。

ベッドからうめくような声が聞こえてきた。「おれは自殺する。自殺してやる。もう耐えられない……」

女は口をつぐんだまま、身じろぎひとつせずに、十二月の寒い夜だというのに、外をずっと眺めていた。

しばらくすると彼も、わき上がる怒りが一旦収まって、もう悲しげではない声で言った。「おい、閉めろ。窓を閉めてくれ。おれに卒中の発作を起こさせたいのか？」

だが、妻は動かなかった。彼は、斜めに妻の顔を見ていた。その顔はもうさきほどのようにこわばってもいなければ、意地悪でもなかった。まるで、とつぜん生気が抜けたかのようだった。そこには新しい感情が刻まれていて、それは彼女の表情を奇妙に変えていた。そして、どこから来ているのかわからない光がその顔を照らしていた。

『何を考えているんだ？』彼は心の中でつぶやいた。『自殺するという脅しがきいたんだろうか？』だが、それはありえないと思った。もしかすると妻はまだ自分を愛しているかもしれないが、いまは別のことが原因なのは明らかだった。もっと恐ろしくて強力な何かだ。だが、いったい何なのか？

「アドルフォ」そのとき彼女が、じっと動かないまま、夫を呼んだ。幼い女の子のような、弱々しい驚いた声だった。「アドルフォ、見て」まるで今わの際の言葉のように、いわく言い難い驚きのこもった声でふたたびつぶやいた。

ひどく興味をひかれたロ・リットは、寒さも気にせずにベッドから飛び出すと、妻のいる窓辺に近づいた。彼も、そこで凍りついたように立ち止まった。

中庭のむこうの、黒い屋根の上から、巨大でまばゆいものが、ゆっくりと空に昇ろうとしていた。滑らかな曲線を描いた輪郭がゆっくりと姿を現してゆき、ついにはその全貌を明らかにした。見たこともないほど大きな、光る円だった。

「なんてことだ。月が！」男は茫然と声を上げた。

そう、月だった。だがそれは、恋の魔法にふさわしい、私たちの夜の物静かな住人でも、幻想的な光によってあばら家を城に変える、控えめな友人でもなかった。あばただらけのとてつもない怪物だった。未知の異常な天体現象によって、月は恐ろしげに巨大化し、いまや、照明弾に似たまばゆく揺るがぬ光を放ちながら、静かに世界に迫りつつあった。その光は、角、壁の凹凸、軒蛇腹、小石、人々の皮膚や皺など、物のじつに細かなところまでくっきりと浮かび上がらせていた。だが、まわりを見ている者はひとりもいなかった。人々の目はみな空に向けられ、恐るべき怪物の姿に釘付けになっていた。

つまり、永遠の法則が打ち砕かれたのだ。宇宙の秩序に恐るべき破綻が生じたのだ。おそらくこの世の終わりが訪れたのだ。おそらく衛星は、速度を増しながら、ますます近づいてくるだろう。不吉な球体は、数時間のうちに空を完全に覆うまでに広がり、それから、地球の円錐形の影に入って光は消え、もう何も見えなくなるだろう。ついには、夜の町が放つ弱々しい光に、ごつごつした果てしない石の天井が私たちの上に落ちてくるのを、一瞬のうちにさとるだろう。だが、それを目にする時間もないだろう。最初の衝突のとどろきを耳にする前に、すべては無の中に沈んでいるだろうから。

中庭に、窓やよろい戸をバタンと開ける音や、呼び声や、恐怖の叫び声が響きわたっていた。窓辺には、月の光を浴びて幽霊のように見える人々の姿があった。ロ・リットは、妻の手が自分の右手を痛いほど握りしめるのを感じた。「アドルフォ」彼女は急いでささやいた。「アドルフォ、ああ、赦してちょうだい、アドルフォ。私を憐れんで、赦して！」

すすり泣き、激しく身を震わせながら、彼女は夫の体に身を押しつけた。その視線は、化け物じみた月にじっとそそがれている。彼は妻を腕の中に抱いた。そのあいだ、世界のはらわたからほとばしり出たような轟音（ごうおん）が——それは何百万もの人間たちが一斉に上げた悲痛な叫び声だった——恐怖に包まれた町の周囲でとどろいた。

老人狩り

Cacciatori di vecchi

小さな製紙工場を経営する四十六歳のごま塩髪の美男ロベルト・サッジーニは、夜中の二時にどういうわけかまだ店を開けているタバコ屋兼バールから数歩のところに車を止めた。「ちょっと待ってて。すぐにもどるから」かたわらに座っていた娘に声をかけた。きれいな娘だった。赤い唇が街灯の光に咲き誇った花のように映えていた。

タバコ屋の前に数台の車があったので、少し離れたところに車を止めなければならなかったのだ。春の暖かい風がそよぐ五月の夜だった。道路には人気（ひとけ）がなかった。

彼はタバコを買いにバールに入った。店を出て、車にもどろうとしたときだった。不吉な呼び声が響きわたった。

声がするのは向かいの家からか、脇道からか？　それとも悪党どもは、アスファルトから湧き出てきたのか？　二人、三人、五人、七人と、すばやい人影が、ぐるりと取り囲むように車のほうに突き進んできた。「やれっ！　あのジジイをやっちまえ！」

そのとき、ぴゅーと空気を引き裂くような長い口笛がくり返し響いた。若いならず者たちの戦いの合図だ。夜の夜中に鳴り響いたその音は、地区全体の眠りをかき乱した。人々は震えおののきながら、さらに布団の奥にもぐりこみ、これからリンチされようとしている不幸な者の運命を神にゆだねた。

ロベルトは危険をさとった。自分は敵視されているのだ。四十を過ぎた人間は真夜中の外出を控えなければならないご時世だった。四十を過ぎた人間は老人扱いされた。そして若い世代は老人たちを心底蔑(さげす)んでいた。子は親に対して、孫は祖父に対して、苦々しい怒りをたぎらせていた。年配者に対する激しい憎悪に支配された一種の協会や結社や団体まで作られた。まるで自分たちの不満や憂鬱(ゆううつ)、幻滅、不幸――それはいつの時代においても若者たちが抱えてきたものだが――の責任は、彼らにあるとでも言うように。こうして夜のあいだ、とりわけ郊外において、ならず者たちは老人狩りにくり出すのだった。そして、首尾よく獲物を捕まえると、袋叩きにし、裸にして鞭(むち)で打ちすえ、ペンキをぶっかけ、しまいには木や街灯に縛りつけた。時には残酷な儀式がエスカレートして、夜明けに、めちゃくちゃに痛めつけられた死体が道路の真ん中で発見されることもあった。

若者の怒り！　何千年にも及ぶ歴史の中で、父から子へと静かに抑えられてきた、あの綿々たる恨みがついに爆発したのだった。新聞やラジオ、テレビ、映画は彼らの言動を黙認した。若者たちはおだてられ、同情され、へつらわれ、称賛され、どんどん自己主張することを勧められた。この大いなる魂の鳴動に恐れをなした老人たち自身が、逃げを打たんとして、それに加担した（結局、無駄な試みだったが）。五十歳や六十歳の自分たちも、精神的にはまだ若く、新参者たちと同じ渇望や苦悩を抱えているのだと伝えようとしたのである。彼らは、話せばわかると思っていたのだ。だが、若者たちは反発した。若者たちは自分たちがこの世界の主であると感じていた。当然ながら彼らは、これまで長老たちの手にあった支配権を渡すことを強く求めた。「年取ることは罪である」それが彼らのスローガンだった。

こうして夜の襲撃が始まった。それに対して、やはり若者たちに恐れをなした当局は、わざと目をつぶった。家の中でおとなしくしていればいいものを、年甲斐もなく羽目を外してわざわざ若者たちを挑発する老いぼれどものほうが悪い、というわけだ。

なかでも格好の標的にされたのは、若い女性といっしょにいる老人たちだった。そんなときには、迫害者たちは大喜びした。実際のところ、たびたびあったそのような好機には、男のほうは縛られて殴られ、連れの女のほうは、男の目の前で、同年代の者たちから、ありとあらゆる手の込んだ身体的虐待を延々と受けるのだった。

ロベルト・サッジーニは危険を計算した。彼は思った。車まで走っても間に合わないが、バールに逃げ込むことはできる。やつらも、店の中までは入ってこようとはしないだろう。そのあいだ、彼女は逃げられる。

「シルヴィア、シルヴィア！」サッジーニは叫んだ。「エンジンをかけて逃げるんだ。早く！　急いで！」

さいわい、娘は理解した。さっと腰を浮かして運転席に移動すると、エンジンをかけ、ギアを入れ、全速力で車を発進させた。


男はほっとため息をついた。こんどは自分の身の安全を図る番だ。そして、バールに逃げ込もうと振り向いた。だがその瞬間、店のシャッターがガラガラと閉まった。

「開けてくれ！　開けてくれ！」サッジーニは懇願した。中から答えはなかった。いつものことだが、若者たちの襲撃が行われているときには、みな殻の中に閉じこもってしまうのだ。見たくも知りたくもない。関わり合うのは御免なのだ。

一刻の猶予もならなかった。街灯の光に明々と照らされて、七、八人が、走ることもなくじりじり彼のほうに迫ってきた。もう捕まえたも同然だと思っているのだ。

彼らのなかに、背が高く、顔の青白い、スキンヘッドの若者がいた。暗い赤のセーターに、白い大きな大文字のRが際立っていた。「おしまいだ」サッジーニは思った。そのRの文字のことを、新聞がここ何か月間か書きたてていた。それは、残忍きわまりない老人狩りのリーダー、セルジョ・レーゴラの頭文字だった。彼の手にかかって、これまで五十人を超える老人たちがひどい目に遭ったと報じられていた。

一か八かやってみるしかない。左手の、並木道の奥には、移動遊園地が設けられた広い空き地がある。すべては無事にそこまでたどり着けるかどうかにかかっている。たどり着けさえすれば、立ち並ぶパビリオンやトレーラーのあいだに身を隠すのは容易だろう。

サッジーニは猛然と走り出した。体はまだ敏捷に動くほうだった。右側から、がっしりとした体格の娘が彼の行く手をさえぎろうと向かってくるのを目の端でとらえた。彼女も白いRの文字があるセーターを着ていた。不器量というより、ちんくしゃな顔の女は、大きな口で叫んだ。「止まれ！　止まるんだ！　くそジジイ！」右手には重い革の鞭を握っていた。

娘は体当たりしてきた。だがサッジーニが勢いよく駆け抜けたので、娘は吹っ飛ばされて、鞭をふるう間もなく地面にたたきつけられた。

こうして突破口を開くと、サッジーニは気力をふりしぼって、暗い空き地のほうに突き進んだ。遊園地のある場所は柵で囲われていた。その柵を一気に乗り越え、闇がさらに深い場所に走った。若者たちはあとを追った。

「あの野郎、逃げるつもりだ」セルジョ・レーゴラが叫んだ。だが、獲物はかならず見つけ出せると信じて、足を速めようとはしなかった。「手間を取らせやがって！」

仲間のひとりがそばに駆け寄ってきた。「聞いてくれ、リーダー。話があるんだ」もう遊園地の端まで来ていた。二人は立ち止まった。

「こんな時に、話だと？」

「間違いならいいけど、あいつはおれの親父じゃないかって気がするんだ」

「あの豚野郎がおまえの親父だと？」

「ああ、そうなんだ」

「そいつはけっこうじゃないか」

「だけど、おれは……」

「まさか、いまさら手を引けってんじゃないだろうな？」

「マズイよ……」

「親父が好きなのか？」

「誰があんなアホ親父を！　すげえウザイやつだし」

「じゃあ、なんだっていうんだ？」

「でも、やっぱりマズイよ」

「腰抜けめ。恥を知れ！　おれは自分の親父にはでくわしたことはねえが、そんときゃきっと、わくわくするだろうよ。さあ、いまはあいつを見つけ出すんだ……」

懸命に走ったせいで心臓がバクバクして口から飛び出しそうになったサッジーニは、大きなテントの陰に身を隠した。おそらく小さなサーカスだろう。真っ暗闇の中で、テントの中にもぐり込もうとした。

五、六メートルほどの近くに、ジプシーの大型馬車がとまっていて、小さな窓に明かりがともっていた。ならず者たちの口笛がふたたび大気を引き裂くように鳴り響いた。馬車の中でがやがや騒ぐ気配がした。それから、肉付きのよいきれいな女が、何ごとだろうと様子を見に、小さな扉から顔をのぞかせた。

「奥さん、奥さん」サッジーニは、頼りない隠れ場からささやいた。

「どうしたの？」女が疑わしげにたずねた。

「お願いです。中に入れてください。追われているんです。私を殺すつもりなんです」

「だめ、だめ。面倒はごめんだよ」

「入れてくれたら、二万リラ差し上げます」

「何だって？」

「二万リラです」

「いや、だめだね。うちらはまっとうな人間なんだから」女は引っ込んで、扉を閉めた。内側から掛け金をかける音が聞こえた。明かりも消えた。

静寂が訪れた。声も足音もしない。連中はあきらめたのか？　遠くで時計が二時十五分を打った。二時三十分を打った。二時四十五分を打った。

サッジーニは、音を立てないように注意しながら、ゆっくりと立ち上がった。もう行っても大丈夫だろう。

そのとき、とつぜんならず者のひとりが彼に飛びかかった。右手を上げ、よくわからない何かを振り下ろした。サッジーニはとっさに、もう何年も前に友人が言ったことを思い出した。誰かに殴られそうになったら、そいつの顎に拳を当てるんだ。大事なのは、同時に上へ向かって飛び上がることだ。そうすれば、体全体で打撃を与えることができる。

ぱっと飛び上がった。ゴツンという鈍い音とともに、拳が何か固い物に当たった。「ううっ」相手はうめき、後ろ向きに倒れた。痛みでゆがんだ仰向けの顔を見た。自分の息子だった。「エットレ！」助け起こそうと、身をかがめた。

だが、三、四人の影が飛び出してきた。「ここだ。ここにいるぞ。ジジイをやっちまえ！」

ますます大きくなりながら近づいてくる、追っ手の荒い息づかいに急きたてられて、サッジーニは、暗がりから暗がりへと、死に物狂いで走った。不意に、激しい痛みとともに、金属製のものが斜めに頬を打ちつけた。必死に脇に退き、周囲に逃げ場をさがした。彼らは境界の囲いまで彼を追い詰めていた。遊園地はもう助けにはならなかった。

百メートルばかり先で、公園が始まっていた。サッジーニは火事場のクソ力を発揮して、追いつかれることなく、その距離を走りぬいた。しかもその作戦は、追っ手の意表を突くものだった。彼がすでに小さな森の縁にたどり着いた頃になってようやく、若者たちは叫んだ。

「あそこだ、あそこにいるぞ。見ろ、森に隠れるつもりだ、追え、追うんだ。逃がすな！」

ふたたび追跡が始まった。もし夜が明けるまで逃げつづけられれば、おそらく助かるだろう。だが、夜明けまであと何時間あるのか？　あちらこちらで時計が時刻を打っていた。だが、動揺していて、数を数えることができなかった。小さな窪地を下り、斜面を登り、小川を越えた。それでも、後ろを振り返るたびに、三、四人のならず者どもが、息を切らせながら執拗に追いかけていた。

最後の力をふりしぼって急な城塞の縁によじ登ったとき、屋根の連なりのかなたで空が白みはじめるのが見えた。だが、もう遅すぎた。完全に力尽きていた。頬の傷から血が滴っていた。そして、レーゴラはすぐそこまで迫っていた。薄暗がりをとおして、歯を見せてにやにや笑っているのが見えた。

草のはえた幅の狭い防塁の上で、二人は向かい合っていた。レーゴラが殴りかかるまでもなかった。逃げようとして、サッジーニは一歩退いた。だが、足を踏み外し、石と茨からなるもろい斜面を仰向けに落ちていった。ドスンという音がし、それから鈍いうめき声がした。

「くたばっちゃいないようだが、もう十分だろう」レーゴラは言った。「もうずらかったほうがよさそうだ。サツが来るかもしれねえからな」

彼らは狩りを振り返って、ゲラゲラ笑い、しゃべりながら、バラバラに去っていった。それにしても、狩りはなんと長引いたことか。これほどてこずらせたやつはいなかった。彼らも疲れていた。なぜだか、やけに疲れていた。小さなグループは解散した。レーゴラは娘といっしょに歩き出した。街灯に明々と照らされた広場までやってきた。

「いったい、その頭はどうしたの？」娘が声を上げた。

「そう言うおまえは？　おまえだって」

二人は向き合って、互いをしげしげと眺めた。

「まあ、なんて顔よ。それに、頭の白いものはどうしたの？」

「おまえもだ。おまえだってひどい顔じゃないか」

レーゴラはとつぜん不安に襲われた。こんなことは初めてだった。ショーウィンドウに近づいて自分の姿を映した。

ガラスに映っていたのは、どう見ても五十歳前後の男だった。目も、たるんだ頬も、ペリカンを思わせる首も。笑ってみた。前歯が二つ欠けていた。

悪い夢を見ているのか？　振り返った。娘も消えていた。すると広場の奥から、三人の男の子が走り出てきた。いや、五人、八人だった。ぴゅーと恐ろしげな口笛を吹いた。「やれっ、ジジイをやっちまえ！」

レーゴラは、全速力で走りだそうとした。だが、ほとんど力が出なかった。若さは、高慢で冷酷な季節は、いつまでも続いていくかのように、永遠に終わることがないかのように思っていた。だが、それを蕩尽（とうじん）するには一晩で十分だった。もう何も残っていなかった。いまや、老人は彼だった。彼の番がやってきたのだった。

キルケー

Piccola Circe

友人のウンベルト・スカンドリの変化に気づいてから、かれこれ一年になるだろう。ウンベルトは三十六歳。印刷業者兼出版者で、興味深い画家でもあり、恐ろしく知的な男だ。だが、大きくて、いかつくて、くしゃっとした愛嬌のある顔は、ボクサー犬の顔を思わせる。小さな目は知性と優しさに輝いており、まっすぐな心と、強靱で独立不羈の精神の持ち主だった。

彼は私よりもずっと年下だったが、私たちのあいだには、厚い信頼と共通の夢にもとづくすばらしい友情が生まれた。二人を引き合わせたのは、ある仕事の機会だった。ウンベルトは結婚していたが、それ以来、私たちは毎晩のように会うようになった。だが、彼の妻はおとなしい女性で、愚痴ひとつこぼさなかった。

さて、一年くらい前から、私たちが会う回数は減っていった。ウンベルトは、急ぎの仕事があるからとか、商談を控えているからとか、いつも何かしらの言い訳をした。たまに会えたときも、彼は心ここにあらずといった体で、いらいらしたり、不安げだったり、気短だったりした。それまではいつも非常に快活で、人間味にあふれていたというのに。まるで熱にうかされているかのようだった。

当然のことながら、何か悩みを抱えているのだろうと私は思った。だが、あえてたずねなかった。根っから正直な彼が自分から言わないのであれば、それなりの理由があるはずで、無理に聞き出そうとするのは、思いやりに欠けることになろう。

やがてある晩――場所はレプッブリカ広場で、雨が降っていたことを憶えているが――私の腕にすがりついて、彼にしては珍しい、まるで子どものように怯えた声で言った。「やっかいなことになったんだ」

ああ、すでに察しはついていた。だが、私はそれを顔に出さなかった。「どうしたんだい?」彼は、前もって赦しを乞うような、すがりつくようなまなざしで私を見た。「女だ」

「わかっていたよ」

人生の盛りにあって、自信にみち、活力と才能にあふれ、逆境や危険を前にしても果敢に決断してきた彼が、いまは哀れな亡霊のように震えていた。

「それで、相手はきみを愛してるの?」「いや」「それじゃあ?」「だからなんだ」彼はくわしく話してくれた。相手は誰で、自分をひどく扱うのだとか、彼女なしでは生きていけないとか、そんな無意味でうんざりさせるような事柄を。それは、この浮き世でよく耳にする、どれも似たりよったりの、数多くの憂鬱な話のひとつだった。

ただ、ウンベルトは自分が置かれている馬鹿げた状況を理解していた。彼は夢中だが、相手のほうは無関心。そう、彼女は美人だそうだ。だが、こうした場合に男たちがよくするように、彼女を女神のごとくに讃えようとはしなかった。それどころか、容赦のない言葉で言い表した。計算高くて、ずるくて、金に目がなくて、心は乾いたコンクリートのようだと。それなのに、彼は想いを断ち切れないのだ。「別れることはできないのかい？」「もう無理だ」「でも、そんな女なら……」「僕は破滅してしまう、と？　もちろんわかってるさ。それでも……」

二日後、彼女に会った。彼の仕事場でソファーに座っていた。非常に若かった。子どものような表情に富んだ顔に、若さゆえの、えも言われぬぴちぴちした張りのある肌。黒く長い髪は十九世紀風のおかしな髪型に結い上げていた。まだ、少女のような体つきだった。美人と言えるかどうかはわからないが、庶民的であると同時に粋な感じのする珍しいタイプの子ではあった。だが、その見かけの印象とウンベルトが私に語ったこととのあいだには、埋めがたいギャップがあった。陽気で、屈託がなく、生きる喜びにあふれ、素直に人生に刺激を求めている娘にすぎない。少なくともそう見えた。

彼女は、私にはひどく愛想がよかった。私の顔を見ながらしゃべり、わざとらしく笑った。というか、あからさまに私の気を引こうとしているかのように、愛嬌をふりまいていた。だが、ウンベルトには、まるで彼がそこにいないかのように、目もくれなかった。ウンベルトは、作り笑いをうかべて突っ立ったまま、彼女をぼうーっと眺めていた。

ルネッラは、あきれるような破廉恥なしぐさで、中が垣間見えるようにスカートの裾を動かした。それから、生意気な女学生のように挑発的に首をかしげた。「私は誰でしょう？私は台風、私は海上の竜巻、私は虹、私は……私は魅力的な女の子よ」私にむかってそう言うと、いかにも楽しそうに笑った。

まさにそのとき、私は、少女のような媚の向こうに、巧みに嘘を操る並外れた才能を感じ取った。なぜそう思ったのかはうまく説明できないが、ほとんど身体的な感覚のようなものだった。

やがて、彼女はウンベルトのほうを向くと、とっておきのニヤニヤ笑いを浮かべながら命令した。「さあ、モッチ、言って。『ぼくの子リスちゃん』って！」

ウンベルトは、うれしさとも戸惑いともつかぬ顔で、首をふった。

「さあ、モッチ、言ってよ。『ぼくの子リスちゃん』って！」

私は彼を見た。ウンベルトは、うつけたような表情で、「ぼくの……」とつぶやいた。「子リスちゃん！」彼女がうながした。「子リスちゃん」ウンベルトはしかたなく声にした。するとルネッラは、愛らしい唇にしわを寄せながら、おそらくディズニーの動物のキャラクターか何かのせりふを真似て、「スクィーズ！　スクィーズ！」と子どものような声を上げた。その目の中には、嘲笑と冷ややかな所有の喜びが感じられ、私は背筋がぞっとした。彼女が出ていったあとで、私はウンベルトにたずねた。「どうしてモッチなんて呼ばせてるの？　みっともないとは思わないのかい」

「ああ、大目に見るしかないんだ。ああいう子なんだよ！」彼は言った。

それから何か月も、彼にも彼女にも会わなかった。どうしたんだろう？　何度か電話をしたが、出なかった。家にも行ってみたが、居なかった。彼は、あの気ちがいじみた愛に呑み込まれてしまったのだ。残念でならない。あんなに立派でいいやつが。

数日前、彼の妻が使いをよこして私を呼んだ。行ってみた。彼女は、私がすでに知っていることを話した。泣きながら、私に助けを求めた。ウンベルトは二週間前から行方がわからなくなり、事務所にもいないのだという。まるで蒸発してしまったみたいに。何かが起こったにちがいない。私は、さがしてみると彼女に約束した。

さて、どうやってさがしたものか？　まっさきに頭に浮かんだのは、ルネッラだった。彼女のところに行ってみよう。きっと何か教えてくれるだろう。嘘を並べるだけかもしれないが、何の手がかりもないよりはましだ。さいわい住所は知っていた。

午後の三時に出かけた。彼女は、私が来ると知っていても、身なりをきちんと整えようとはしなかっただろう。着ているのはごくシンプルな服だったが、目のやり場に困るくらい胸元が広く開いていて、下心が見え見えだった。完全にリラックスしているようすだった。元気で、陽気で、ごくかすかに興奮していた。

彼女は、いかにも、夢見がちで浮ついた独身の娘が住むようなアパートメントで暮らしていた。偽物のロココ調家具、テレビ、レコードプレーヤー、偽物のペルシャ絨毯。壁には、金ぴかの重たい額縁に入れられたひどい風景画。私にウイスキーを出し、ジョー・センティエーリ〔Joe Sentieri(1925–2007)。イタリアのシンガーソングライター〕のレコードをかけた。

「あのう、ウンベルトに何かあったのでしょうか？」私はすぐに本題に入った。

「ウンベルト？」彼女は驚いたように言った。「私も知りたいの。二か月になるかしら……二か月以上も会ってないんです。すごい人ですよね。親切だし。でも、ひどくうっとうしいの！　私に恋しているんですから。あなたも気づいたんじゃないですか？　で、とつぜん何の音沙汰もなくなって……。ねえ、もっとくだけた口調で話しましょうよ？　いや？　そのほうが話しやすいわ」

「二か月前から会っていない？」あまり納得していない私は訊き返した。

このときルネッラは、私に答えようとはせずに、「ボビ、モッチ！」と叫んだ。

彼女に呼ばれて、二頭の犬が客間に飛び込んできた。ミニチュア・プードルとボクサー犬だった。ボクサー犬はかなり太っていて、皮膚がたるんでいた。なぜだかわからないが、私はその犬を以前どこかで見たことがあるような気がした。

犬たちはルネッラに飛びついた。彼女は笑いながら、犬たちをおとなしくさせようとした。

「さあ、いい子にするの！　やめて、やめてよ！」

二頭とも大はしゃぎだった。ルネッラの首や頬（ほお）や口を、むさぼるように舐（な）めようとしていた。娘は立ち上がると、短い棒を取ってきた。赤く塗られた五十センチくらいの棒だった。

「何に使うんです？」

「ああ、これでしつけるのよ」

ボクサー犬が私を見ているのに気づいた。というか、私の存在に困惑しているように見えた。私が触ろうとすると、身をかわした。奇妙だ。ボクサー犬はいつもまっすぐに人の顔を見るものなのに。

「ねえ、知ってる、ディーノ？」そう言いながら、ルネッラはソファーに腰を下ろし、体を押しつけるようにして、私にもたれかかった。だが、それは一瞬のあいだだった。「知ってる、モッチは本当にいい子なのよ」

「ああ、そうですか」私は言った。「すみません。それよりウンベルトは……」

「まあ、見ててちょうだい」彼女は言い張った。「どんなに賢いか、見て」

彼女は、ビスケットがはいった陶器の箱の蓋(ふた)をあけた。左手でビスケットをつまむと、ハアハア言っているボクサー犬の鼻の上に持っていった。

「いい子ね、モッチ。待て！……」

犬は鼻先を持ち上げて、ビスケットをくわえようとした。彼女はすばやく、犬の鼻の上に棒をぴしゃりと振り下ろした。犬は動きを止めて、激しく尻尾を振った。

すると彼女は、左手で、ビスケットを犬の鼻の上にのせた。そして右手で威嚇するように棒を振った。

「待て、モッチ。いい子、いい子ね！」

鼻の上にビスケットを置かれたまま、ボクサー犬はじっとしていた。口の両端からよだれが垂れていた。

「いい、待てよ」

たっぷり一分は待たされていた。犬はもう我慢できずに、ビスケットを取ろうとした。娘は、即座に、容赦のない棒の一撃をくらわした。ビスケットは床に落ちた。

「ほらね。この子たち、本当に食いしん坊なの」彼女はいかにもうれしそうに私に言った。プードルも、ビスケットがほしくて、熱心に見つめていた。

ボクサー犬はようやくビスケットにありついた。あっという間に食べた。だがルネッラは、犬にふたたび試練を与えた。

「さあ、モッチ、お手。お手をしなさい。あとでなでてあげるから」

ボクサー犬は悲しそうなまなざしで彼女の目を見ながら、右足を上げた。厳しい棒の一撃をくらって犬は足を下した。「ちがう、そっちじゃない。もう一方の足よ」ボクサー犬は左足を持ち上げた。ルネッラはひどくご満悦だった。

「どうして、モッチって名前にしたんです?」私はたずねた。「ウンベルトもそう呼んでいませんでしたか?」

「そうね。でも、ただの偶然の一致よ……もしかすると、ウンベルトを本当は好きだった証拠かもね」そう言うと、あの無邪気で生意気で、捉えどころのない表情を浮かべ、笑いながら私を見た。

それから、小さなプードルのほうを向いた。「さあ、ボビ、ママちゃんのところにいらっしゃい!」ルネッラはプードルを腕に抱え上げ、なでてやり、顔をなめさせた。

嫉妬(しっと)したボクサー犬は、背中の毛を逆立てた。「モッチ! モッチ!」私は呼んでみた。だが、犬は何の反応も示さなかった。私を無視しようと決めているのだ。

「奇妙だな」私はつぶやいた。「左目の目尻に傷跡がある。ちょうどウンベルトのように」

「ほんと?」ルネッラは陽気に訊き返した。「気づかなかったわ」

ボクサー犬はもう尻尾を振っていなかった。主人はプードルをかわいがりつづけていた。モッチは飛び出して、ライバルの足にかみつこうとした。

ルネッラはぱっと立ち上がると、怒った。「この、ブサイクな性悪犬!」そして、力いっぱい鼻面を蹴飛ばした。「あんた、やきもちを焼いてるの? さっさと犬小屋にもどりなさい。このろくでなし」

そして、もう一度、犬をはげしく蹴った。

ボクサー犬はキャンキャン悲鳴をあげた。赦しを乞うような目で主人を見ると、テーブルの下にもぐり込んでうずくまった。

「見た、悪い子でしょ?」無慈悲でよこしまな娘は言った。「でも、殴られた。こうする必要があるの。さもないとつけあがるから。間違ったことをしたら、すぐにこっぴどく叩くの。敏感な鼻を叩いてやるのよ。そうしたら、天使みたいにいい子になるわ」ルネッラは勝ち誇ったように笑った。

テーブルの下にうずくまり、震えながら、ボクサー犬ははじめて私をじっと見た。悲嘆にくれ、打ち負かされ、弱々しい、打ちのめされた、惨めな者のまなざしだった。それでも、まだ漠然と、失われた若さの誇りを思い出させた。

犬は私を見つめていた。その目から涙がこぼれ落ちた。あの瞳、あの表情、あの魂。私をじっと見つめていた！　哀れなウンベルト！

難問

Quiz all'ergastolo

町外れに建つ、終身刑服役者を収容する大きな刑務所には、うわべは人道的だが、そのじつまったく残酷な規則が存在する。

終身刑を言い渡されたおれたち囚人はみな、一度だけ、公衆の面前に姿を現して、半時間ばかり市民に語りかけることが許されているのだ。房から引っ張り出された囚人は、管理部や事務室がある、外に面した建物のバルコニーに連れていかれる。目の前には、だだっ広いトリニタ広場があり、ここに聴衆が集まる。そして、もし話の最後に、聴衆が拍手をすれば、囚人は釈放されるのだ。

破格の寛大な措置に思われるかもしれない。だが、そうではない。第一に、大衆に訴える権利は一度しか許されない。つまり一生に一度だけだ。次に、もし——ほとんどいつもそうなのだが——大衆が「ノー」と言えば、ある意味で、住民たちから処罰が妥当だと認められたことになり、刑は囚人の心にさらに重くのしかかる。その結果、その後の贖罪の日々はさらに憂鬱でつらいものになるのだ。

さらに、希望が苦しみに変わってしまう事情もあった。囚人には、いつ話をすることが許されるのかわからない。その決定は刑務所長にゆだねられている。刑務所に着いた半時間後にバルコニーに連れていかれるかもしれないし、何年も待たされるということもありえるのだ。非常に若くして刑務所に入り、運命のバルコニーに引き出されたときには、もうよぼよぼの年寄りで、ほとんどまともに話すことができなくなっていたという囚人もいる。だから、このように厳しい試練に必要となる冷静さをもって準備することなどできないのだ。もしかしたら、おれは明日呼ばれるかもしれない。あるいは今夜か、一時間後にでも、と囚人は考える。すると、苦悩しはじめ、苦悩しながら、何をどんなふうに話すべきか考えつづけるうちに、絶望的な思いにとらわれ、精神的に参ってしまうのだ。毎日のごく短い散歩の時間に仲間の囚人たちと話しても意味はない。概して、おれたち不幸な囚人仲間のあいだで一番の関心事であるはずのこの話題については、相互の信頼など存在しない。また概して、囚人たちは誰もが、自分は大いなる秘密を発見した、群衆の気難しい心を動かさずにはいられない話を考えついたと思い込んでいる。そして他人に先を越されないために、それを明かすことを恐れているのだ。たしかに、ある話に感動した人々が、同じ話をまた聞かされれば、怪しみ、疑いを抱くのは当然だ。

しかるべきスピーチをするのに役に立つ材料は、すでに話をして成功しなかった者たちの経験談だろう。少なくとも、彼らが取った方法は除外することができるだろうから。だが、この〈落第生〉たちは重い口を開こうとはしない。どんなことを話したのか、聴衆はどう反応したか、教えてくれるように懇願したところで無駄だ。薄笑いをうかべて、だんまりを決めこんでいる。おれは刑務所に一生いるのだ。おまえたちもそうなればいい。力を貸してなどやるものか。どうせ、おれは人でなしだ、とでも言うように。

だが、そうしていかに秘密にフタをしても、いくばくかのことはどうしても知られてしまう。だが、この漠然としたうわさ話の中に役に立ちそうなことはまったくない。たとえば、群衆に語りかけるとき、囚人たちはよく二つのことを口にする。自分の無実と、家族への愛だ。至極当然だ。だが、どんなふうに話を展開したのか？　どのような言葉に訴えたのか？ののしったのか？　懇願したのか？　泣き出したのか？　囚人たちのなかに、それを知る者はいない。

だが、一番の不安要素は、同郷人からなる群衆そのものだ。おれたちは絞首台にぶら下がるのがふさわしい人間かもしれない。けれども、外の連中、自由に生きている男や女たちも同じようなものだ。彼らは終身刑服役囚がバルコニーで話をするという知らせを聞くと、広場に駆けつけてくる。といっても、人ひとりの人生がかかっている重い判断を下す者の覚悟をもってではなく、まるで遊園地にでも行くかのように、ただ楽しむためにやってくるのだ。

そして、話を聞きに来るのは、下層階級のくずのような連中ばかりではない。高い道徳性を備えた人々もたくさんいて、官吏や専門的職業人、労働者といった人々が家族全員で連れだってくる。けれども彼らの態度は、同情や憐(あわ)れみにあふれているわけでも、思いやりに満ちているわけでもない。彼らとて、楽しむために来るのだ。縞(しま)模様の服を着せられ、頭を半分そられたおれたちの姿は、見るからに、これ以上ないくらい惨めで滑稽(こっけい)だ。バルコニーの上に立った哀れな囚人を待ち受けているのは、期待に反して、厳粛な静けさではなく、口笛や嘲(あざけ)りのしぐさや笑いの渦なのだ。さて、そのような聴衆を前にして、すでに動揺し、震えている人間に何ができるだろう？　絶望的な試みだ。

付け加えると、過去には、数人の囚人が試練にみごと打ち勝ったことが、伝説として語られている。だが、非常にあいまいなうわさだ。確かなのは、九年前からこのかた、つまり、おれが収監されてからは、誰ひとり成功していないということだ。そのときから、およそ月に一度、おれたちのうちの誰かが、バルコニーに立って話をした。そして全員、まもなく独房に連れもどされた。聴衆は彼らをやじり倒したのだ。

いま、看守が、おれの番だと告げた。午後の二時。二時間後には、おれは群衆の前に姿を見せることになる。だが、震えてはいない。言うべきことは、すでに一言一句、心得ているからだ。恐るべき難問を解いたと思っている。おれは長いあいだ考え抜いた。想像してみてほしい。九年間もずっと考えつづけたのだ。失敗した仲間たちが話をしたときよりはましな聴衆が待っているなどとは思っていない。

独房の鉄の扉が開けられた。刑務所の敷地全体を横切り、階段を二つ上らされ、いかめしい部屋に入り、ようやくバルコニーに出た。後ろで扉の閂が降ろされた。おれは、群衆の前でひとりだった。

光がまぶしすぎて、目を開けていられなかった。それから、至高の裁判官たちを見た。少なくとも三千人はいただろう。みなが、おれを食い入るように見つめていた。

それから、ひどく野卑な口笛がひとつ、ぴゅーっと長く鳴り響き、恥知らずな一斉射撃が始まった。笑いや挑発や嘲りから察するに、頬がこけて悲嘆にくれたおれの顔は、連中をすばらしく愉快な気持ちにさせているようだ。「おい、旦那！　無実なんだろう。話せよ！　せめて笑わせてくれよ、笑い話をしてくれ！　待っているママがいるんだろう？　子どもは？　子どもたちに会いたいんだろう？」

手すりに手をおいたまま、おれはじっと動かなかった。バルコニーの真下に、とてもきれいな娘を見つけた。娘はおれによく見えるように、両手で胸元を気前よく開いてみせた。「ハンサムな坊や、気に入った？」大きな声で言った。「どう、欲しいんでしょ？」それから、ゲラゲラ笑った。

だが、おれの頭の中にはしっかりとした計画があった。おそらくおれを救ってくれる唯一の計画が。おれは動じることなく、耐えていた。人々を静かにさせようともせず、そのための合図も送らなかった。

やがてまもなく、おれの態度に彼らが驚いていることに気づくと、言い表せない安堵をおぼえた。私より先にバルコニーで話した仲間たちは、明らかに別の戦術を取ったのだ。おそらくは聴衆に反応し、声を張り上げ、静粛を乞い、そして自滅したのだ。

おれが彫像のように黙って動かずにいると、破廉恥な騒ぎは少しずつ静まっていった。まだちらほらと口笛が鳴っていたが、それも静かになった。

静まり返った。おれは気持ちをぎゅっと引き締めながら、まだ黙っていた。

やがて、十分礼儀正しく誠実な感じのする声が言った。「話せ。さあ話せ。聞いてやるから」

そして、ようやくおれは意を決して口を開いた。

「どうして話さなきゃいけないんでしょう」おれは言った。「私は、自分の番だからここに来たのです。ただ、それだけです。あなた方を感動させようなんて思ってはいません。私は無実じゃない。家族に会いたいとは思わない。ここから出たいなんてちっとも思いません。

私はここで幸せなんです」

困惑したようなつぶやきが聞こえた。それから、大きな声がひとつ上がった。「でたらめを言うな！」

「私はあなた方より幸せなんです」おれは話しつづけた。「その方法は言えませんが、私は好きな時に、誰も知らない秘密の通路を通って、独房から、非常に美しい館の庭に行けるのです。どの館なのかはよくわかりません。この辺りにはたくさんありますから。そこでは、みんな私を知っていて、みんな私を大事にしてくれます。それに……」

おれは少し間を置いた。群衆を見た。当惑し、失望していた。まるで獲物が逃げてゆくのを見るときのように。

「それに、私を愛してくれる若い女性もいるんです」

「もう、やめろ！」誰かが激高して叫んだ。おれが幸せなのを知って、ひどい苦痛を感じたのだ。

「だから、私をそっとしておいてください！」おれは声を張り上げた。「お願いです、みなさん。私に憐れみをかけてください！　ここから追い出さないでください。口笛を吹いてください。どうか口笛を！」

聴衆にざわめきが走った。はっきりと気づいた。それはおれへの憎しみだった。あいつは真実を語っているかもしれない、本当に幸せなのかもしれない、そう思っただけで、痛みを感じていたのだ。だが、まだ迷っていた。

おれは手すりから身を乗り出して、悲しげに声を震わせた。「優しい心を持ったみなさん、いやとは言わないでください。あなた方には何でもないことです。さあ、思いやりあるみなさん、この哀れで幸せな囚人をやじってください！」

悪意に満ちた声が聴衆のあいだで響き渡った。「ふん、馬鹿め。そうは問屋が卸すか！」それから、拍手がひとつ起こった。また別の拍手。それは十、百と増えていき、どんどん激しさを増しながら、大きく膨れ上がっていった。

おれは卑しい連中を懲らしめたのだ。背後で扉が開いて、告げられた。「さあ、行け。おまえは自由の身だ」

公園での自殺

Suicidio al parco

九年前、友人で同僚の、三十四歳のステーファノは、自動車病に罹った。

ステーファノは、セイチェント〔イタリアの自動車メーカー、フィアットによって一九五五年から六九年の間に生産された大衆車〕を持っていた。だが、その頃はまだ、あの恐るべき病の兆候は現れていなかった。

病気は速い経過をたどった。不吉で強力な愛に囚われるときのように、ステーファノはわずか数日間でその想いのとりこになってしまった。そして、車のことしかもう口にしなくなった。

自動車！　走りさえすればいい、ふだん使いのちゃちな車などではなく、純血種の車。成功のシンボルであり、自己肯定感や世界の支配権、自己拡大をもたらしてくれて、冒険の道具となる車。要するに、現代における幸福の象徴としての車だ。

つまり、彼が取り憑かれたのは、えりすぐりで、この上なく美しくて、力強くて、最新式で、手に入れがたくて、並外れていて、道で大金持ちをも振り返らせるような車が欲しいという想い、渇望、妄執だったのだ。

それは、愚かで、子どもじみていて、馬鹿げた感情だろうか？　私にはわからない。そういう経験をしたことがないから。それに、他人の心を裁くのはいつだって軽率な行為だ。今日、この病気に罹る人間はじつに多い。彼らが追い求めるのは、家庭の平穏でも、満足感が得られて金がかせげる仕事でも、富や権力の獲得でも、理想の芸術でも、精神面での超克でもない。彼らの究極の夢は、おしゃれなカフェで日焼けした金持ちの道楽息子や成功した企業家たちが話題にするような、どこそこのメーカーの特別注文の車を手に入れることだ。けれどもステーファノの稼ぎは少なく、彼が日々夢見ているものは、まったく手の届かぬ高嶺（たかね）の花だった。

この病的な執着のせいで、ステーファノは悩み、友人たちをうんざりさせ、彼にベタ惚（ぼ）れのやさしくて愛らしい妻のファウスティーナを心配させていた。

幾晩、彼の家で、長く重苦しい会話につき合わされる羽目になったことか。

「これ、いいと思わない？」すばらしい車の広告のパンフレットをファウスティーナにむかって突き出しながら、彼は不安な顔でたずねる。

彼女はちらっと見るだけだ。どうせ、見なくたってわかっているから。

「ええ、いいわね」とファウスティーナは答える。

「本当に？」

「もちろんよ」

「本当の本当に?」

「お願い、ステーファノ」彼女は、無自覚な病人を相手にするように、彼に微笑みかけた。

すると彼は、しばらく黙り込んでから言った。

「これ、いくらすると思う?」

ファウスティーナは冗談めかして答える。

「知らないほうがいいんじゃない」

「どうして?」

「それは、あなたのほうがよくわかっているでしょ。私たちにはぜったい許されないような贅沢だもの」

「ほら、やっぱり」ステーファノはかっとなった。「せめて話くらい……話を聞く前から、きみはいちゃもんをつけるんだ……」

「いちゃもんをつける?」

「ああ、そうだとも。わざとやっているみたいだ。わかってるだろう。ぼくが車に夢中だってことは。どんなに大事なことか、手に入ったらどんなにうれしいかを……それなのにきみは、希望をもたせるどころか、ぼくを馬鹿にするだけだ……」

「ひどいわ、ステーファノ。私、馬鹿になんかしてないわ」

「車の値段を知ろうともせずに、すぐに反対したじゃないか……」

こんな調子で、会話は延々と続いた。

私は思い出す。ある日、夫に聞こえないところで、ファウスティーナがもらした言葉を。

「車の話にはもううんざり。うちでは朝から晩まで、車の話ばっかり。フェラーリだの、マセラティだの、ジャガーだの。まるで明日にでもそれを買わなきゃいけないみたいに……もうどうしていいかわかんない。あの人はすっかり変わっちゃったわ。あなたも憶えているでしょう？　昔のステーファノはあんなじゃなかった……ときどき思うの。あの人、頭がおかしくなっちゃったんじゃないかって。そう思わない？　私たちは若いし、愛し合っているわ。ちゃんと生活している。ステーファノの仕事も順調だし、同僚にも好かれてる。なのに、どうしてその生活を台無しにしないといけないの？　こういうことが終わってくれるなら、あの人がいまいましい特別注文車とやらを手に入れて満足するなら、私、どんなことでもするわ。たとえ……いや、だめ、言えないわ！」そして、わっと泣き出した。

狂気か？　精神障害か？　それはわからない。私はステーファノが好きだった。おそらく憧れの車は、彼にとっては、私たちの理解を越えた何か、美しいとか完璧だとか、そういった車の実質を越えた何かなのだ。お守りか、運命の堅い扉を開くことのできる鍵のような。

やがて、ステーファノは私の前に現れた――その日のことを、私はけっして忘れないだろう。私たちは聖バビラ教会の前で落ち合うことになっていた——彼は見たこともない車に乗って現れた。色はブルー。車体は長く、車高は低い。最新式で2シーター。しなやかな感じの、曲線に富んだ流線形。五百万くらいはするだろうという代物だ。いったい、どこでそんな大金を手に入れたのだろう?

「きみのかい?」私はたずねた。彼はうなずいた。

「驚いたよ。おめでとう。ついにやったな」

「ああ……節約に節約を重ねてさ……」

車のまわりをまわって見た。ブランド名がわからなかった。ボンネットの端に、頭文字を複雑に組み合わせたエンブレムのようなものがあった。

「どういう車なんだい?」

「イギリス製さ」彼は言った。「すばらしい掘り出し物だよ。ほとんど知られていないブランドさ。きっとダイムラーの子会社だよ」

車のことにはとんと疎い私の目から見ても、まったく素晴らしい車だった。ラインに、車体のコンパクトさ、厳めしい浮彫彫刻のようなホイール、正確な仕上げ、まるで祭壇のような計器盤、しっかりとした黒い革を張った、四月の風のようにふんわりしたシート。

「さあ、乗れよ」彼は言った。「乗り心地を試させてやるから」

エンジンは、うなりも、わめきもしなかった。ただ呼吸していた。運動選手のような、耳に心地よい呼吸の音を発していた。その呼吸のリズムに乗って、両側の家並みがびゅんびゅん飛び去っていった。

「どうだい？」

「すごいよ」それ以上の言葉が見つからなかった。「で、ファウスティーナはどう思ってるの？」

一瞬、彼の顔が曇ったのに私は気づいた。彼は答えようとしなかった。

「どうしたの？　ファウスティーナは不満なの？」

「いや」彼は答えた。

「それじゃあ？」

「ファウスティーナは出ていった」

私は言葉を失った。

「出ていったんだ。ぼくとはもう暮らせないと言って」

「理由は？」

「さあね。女心はわからないよ」彼はタバコに火をつけた。「ぼくを愛していると思っていたのに」

「もちろん、愛していたとも！」

「でも、出ていった」

「どこへ行ったの？　実家にもどったのかい？」

「家族も何も知らないんだ。出て行って、それっきり音沙汰なしだ」

私は彼を見つめた。少し顔が青ざめていた。だが、そのあいだも、シフトレバーの丸い取っ手をなでながら、うっとりとハンドルを握り、アクセルに乗せた足は、いとおしい体を押すような優しさで上下に動いていた。そして車は、足がアクセルに触れる度に、元気いっぱいに躍動していた。

町から出た。ステーファノはトリノに通じる自動車道に入り、四十五分もしないうちにそこに着いた。気ちがいじみた走りだった。けれども、いつもとちがって、私は恐ろしくなかった。それくらい、車が完全にコントロールされているという感じがあった。いや、それ以上だ。車は、まるでステーファノの心を読み、考えを予測して、彼の思うとおりに走っているかのようだった。それでも、ステーファノには腹が立った。車はすばらしい。念願が叶ったことは結構なことだ。だが、ファウスティーナは、あの愛すべき女性は、彼を捨ててしまった。そして彼は平気な顔をしているのだ。

だが、それからしばらくして、私は遠くへ行き、長く留守をすることになった。そしてもどったときには――ありがちなことだが――私の生活は変わってしまった。ステーファノとも会った。だが、以前のように頻繁に会うことはなくなった。そのあいだ、彼は新しい仕事に就いて、稼ぎもよかった。あのすばらしい車で世界中を走りまわり、幸せだった。

月日が流れた。ステーファノとはたまに会う程度だ。会えば、私はファウスティーナのことをたずねた。彼は、ファウスティーナは永久にいなくなってしまった、と答えた。車のこともたずねた。彼は言った。ああ、あれは、いまでもすごい車だ。だけど、長年乗りつづけて、ガタが出てきた。しょっちゅう整備に出すけど、外国製のエンジンだから、よくわからなくて、修理できる整備工はほとんどいないと。

それから、新聞であのニュースを読んだ。

奇妙な車の逃走

昨日の十七時、モスコウヴァ通り五十八番にあるバールの前に駐車されていたクーペタイプの青い車が、運転手が離れていたあいだに、ひとりでに走り出した。

車は、スピードを上げながら、ガリバルディ通り、モンテッロ通りの交差点を通り抜けて左折。さらに右折してエルヴェツィア通りに入り、最後は公園の境界にあるスフォルツァ城の古い城壁に激突し、炎上した。

激しい交通量にもかかわらず、いかにして無人の車が、障害物にぶつかることなく、方向を変えながら走りつづけることができたのか、そしてまた、どうして少しずつスピードを上げていったのかは、説明が困難である。

現場に居合わせた数名の目撃者は、無人で走行する車を気に留めることはなかった。車の所有者は、悪ふざけのつもりでハンドルの下に身を隠しながら、鏡を使って道路の状況を確認しているのだろう、と想像したのである。じっさい、彼らの証言は一致しており、その車は、無人どころか、非常に高い技術と確かな判断にもとづいて運転されているように見えたという。カノニカ通りからスクーターが飛び出してきたときも、見事なハンドルさばきによって、間一髪でかわしたそうである。

我々は、この出来事を純粋な報道記事として伝える。この種の話は、我々の町でも、これまでにもいくつも報告されている。それゆえ、超自然的な仮説を持ち出す必要はない。

車の所有者に関しては、車のナンバーから、マンフレーディ通り十二番に住む、四十三歳のフリーライター、ステーファノ・イングラッシア氏だと判明した。彼は、モスコヴァ通りのバールの前に車を止めて離れたことを証言している。だが、エンジンがかかったままだったことはあり得ないそうである。

記事を読み終えると、私は急いでステーファノをさがした。彼は家にいた。かなり動揺していた。

「彼女だったのかい？」私はたずねた。

彼はうなずいた。

「ファウスティーナだったの？」

「そう、ファウスティーナだ。可哀そうに。きみは知っていたのか？」

「いや。もしかしてと思ったことはあるけど、あまりに馬鹿げた考えだったから」

「そう、馬鹿げている」彼は両手で顔を覆いながら言った。「だけど、この世では、こういう愛の奇跡も起こるんだ……ある晩、そう、九年前のことだ。ある晩、彼女を抱きしめていたときのことだ。恐ろしくもすばらしいことが起きたんだ。彼女は泣き出し、震え出した。そして全身が固くなって、膨れていった。間一髪で通りに飛び出た。そうしなければ、二度と扉からは出られなかっただろう。さいわい、外には誰もいなかった。わずか二、三分のことだった。そして、歩道のそばに、ぴかぴかの新車が待っていた。塗料からは、彼女のお気に入りの香水、ヘラスの匂いがしていた。憶えているかい、彼女がどんなにきれいだったか？」

「で、それから？」

「で、それから……ぼくは、人でなしの、悪党だ。それから、彼女も年老いた。エンジンがもう回らなくなってきた。しょっちゅう故障するようになった。通りを走っていても、もう誰も彼女を見向きもしなくなった。そのときぼくは思いはじめた。そろそろ替え時じゃないかって。こんなポンコツにずっと乗りつづけることはできないと……ぼくがどれだけひどいやつで、卑劣な人間か、わかるかい？　きのうモスコヴァ通りに車を止めたとき、ぼくがどこに行こうとしていたか、わかるかい？　彼女を売りに行くところだったんだ。彼女を売って、新しい車が買いたかったんだ。恐ろしいことに、ぼくのために人生を捧げてくれた妻を、十五万リラで売りとばそうとしていたんだ……彼女がなぜ自殺したのか、もうわかるだろう」

ヴェネツィア・ビエンナーレの夜の戦い

Battaglia notturna alla Biennale di Venezia

天国に永遠（とわ）の住処（すみか）をかまえた老画家アルデンテ・プレスティナーリは、ある日、友人たちに、地上に降りてヴェネツィア・ビエンナーレを見てくると伝えた。展覧会の会場では、没後二年を迎えた彼のために一室が捧げられているのだ。

友人たちは、やめるように説得した。「ほっておけ、アルドゥッチョ」（アルドゥッチョとは、生前の彼の愛称だ）。「ぼくたちの誰かが地上に降りると、かならず苦い経験をしてきた。つまらないことは考えるな。ぼくたちとここにいろ。きみの絵のことは、きみ自身がわかっている。きっと例によって、作品の選定もめちゃくちゃさ。それに、きみが行ってしまったら、今夜は、スコポーネ（四十枚のカードを使って四人で遊ぶカードゲーム）のゲームをやるメンバーが足らなくなるじゃないか」

「ちゃんともどってくるから」画家の決意は固かった。そして生者たちが暮らし、美術展が開かれている下の階にいそいそと向かった。

会場に着くと、何百もの部屋の中から自分に捧げられた部屋をあっという間に見つけ出した。そこで目にしたものに、彼は満足した。部屋は広く、観客がかならず通るルートに沿って設けられていた。壁には、生年と没年とともに彼の名前が大きく掲げられていた。正直なところ、作品は予想以上の審美眼によって選ばれていた。もちろん、死者の物の見方からじっくり眺めると、すなわち「永遠の相の下に」眺めると、生きていたときにはけっして気づかなかったミスや欠点も目についた。彼は、すぐにも絵具を取りに行って、この場で大急ぎで修正したい衝動に駆られた。だが、どうすればいいのだ？　絵の道具は、たとえまだ残っていたとしても、どこにあるのかわからない。それに、そんなことをしたら、大騒ぎにならないだろうか？

　平日の、午後も遅い時間だったので、訪れる人は少なかった。金髪の若者が入ってきた。外国人にちがいない。おそらくアメリカ人だろう。だが若者は、部屋をぐるりと見まわすと、どんな侮辱よりも無礼な無関心さで先へ進んだ。

『田舎者め！』プレスティナーリは心の中でつぶやいた。『美術展に来る暇があったら、おまえの国の草原で牛にでもまたがってろ！』

　こんどは、若いカップルが入ってきた。おそらく新婚旅行中だろう。女のほうが、観光客特有の無気力で生気のない表情で絵を見てまわっているあいだ、男のほうは、画家が若い頃に描いた一枚の小さな作品の前に立って、それを興味深げに眺めていた。かの有名なサクレ・クール寺院を背景に、モンマルトルの路地を描いた絵だった。

『この若者は、絵を見る目は大したことなくても、感受性は持ち合わせているようだ。小品ではあるが、この絵はたしかに注目すべき作品のひとつだ。すばらしく繊細な色遣いに心を打たれたと見える』プレスティナーリはひとりごちた。

色遣いに感動？　とんでもない！

「こっちに来てごらん」若者は妻に声をかけた。「ちょっと見てごらんよ……すごい偶然だ……」

「何が？」

「憶えてないかい？　三日前にモンマルトルでエスカルゴ料理を食べたレストランを。ほら、ここだ。ちょうどこの角だよ」そう言って、絵を指さした。

「まあ、ほんとだわ」彼女は、生き生きとした表情をとりもどして、声を上げた。「でも、正直に言って、あの料理は胃にもたれたわ」

二人は、馬鹿みたいに笑いながら、立ち去った。

こんどは、男の子をつれた五十代の二人の婦人がやってきた。「プレスティナーリ」ひとりが大きな声で名前を読み上げた。「うちの下の階に住んでいるプレスティナーリさんの親戚かしら？……ジャンドメーニコ、じっとしてなさい。手で触っちゃだめ！」疲れたのと退屈なのとでイラついてきた子どもが、「刈り入れ時」という絵から突き出た絵具の塊を爪ではがそうとしていたのだ。

そのときプレスティナーリは、彼の古い親しい友人で弁護士のマッテーオ・ドラベッラが部屋に入ってくるのを見て、心臓がドキンとした。彼は芸術家たちが集うレストランの常客で、プレスティナーリはその店の才気煥発（さいきかんぱつ）な客のひとりだった。ドラベッラは、見知らぬ紳士を連れていた。

「ああ、プレスティナーリ！」ドラベッラは、うれしそうな声を上げた。「彼の部屋が設けられたんだ！　可哀そうなアルドゥッチョ、ここにいたら、さぞ喜んだだろうに。部屋ひとつがついに彼に捧げられて。生きているあいだにはとうとう叶わなかった……それをどんなに悔しがっていたことか！　彼をご存じですか？」

「いや、個人的には」見知らぬ紳士が答えた。「一度会ったことがあるはずですが……気さくな感じの人でしたよね？」

「気さく？　気さくなんてもんじゃない。人を惹（ひ）きつけてやまない、話上手なやつでした。私の知人のなかでもっとも知的でユーモアのセンスにあふれた人物のひとりでした……あの痛烈な皮肉、あの逆説論法……私たちは忘れられないような夜をすごしました……彼の一番の才能は、友人たちとおしゃべりしているときに輝いていたと言えるでしょう……そう、もちろん、見てのとおり、絵にもよいところがあります。正確に言えば、ありました。いまや、この絵も古いがらくたです……やれやれ、この緑、この紫には閉口する。彼は緑と紫にとりつかれていました。それをこれでもかというくらいにキャンバスの上にぶちまけていましたよ、アルドゥッチョは……ほら、ごらんのとおりです」ドラベッラは、頭を振りながらため息をつくと、図録に目を通した。

何が書いてあるか見ようと、プレスティナーリは近づいて、目に見えない首を伸ばした。彼のもうひとりの親しい友人、クラウディオ・ロニオによって書かれた、半ページほどの紹介文があった。やはり胸を締めつけられるような思いで、文章をさっと読む。「……際立った個性……たそがれゆくベル・エポックのパリで過ごした熱き青春の日々……斬新な発想と大胆な試みに満ちた運動への忘れられることのできない貢献……心底からの感謝に値する……時代の流れに逆らった独自の地位……」

だが、ドラベッラは図録を閉じて、すでに次の部屋に向かっていた。「いいやつだった！」それが彼の最後のコメントだった。

監視員もいなくなり、暗さが増し、人気（ひとけ）も途絶えて奇妙に虚ろな感じが漂う部屋の中で、画家は、いつまでも自分の最後の栄光を見つめていた。この先もう二度と自分の個展は開かれないだろう（彼にはそれがよくわかっていた）。来るんじゃなかった！　天国の友人たちの言うとおりだった。もどってきたのは間違いだった。これほど惨めな気持ちになったことはなかった。かつて彼は、傲慢さと自信を武器に、人々の無理解にひるむことなく立ち向い、意地悪きわまりない批評家たちの言葉も笑い飛ばした。だが、あの頃は、前途洋々たる未来があった。いつまで続くかわからぬが、生きるために与えられた年月があった。世間をあっと言わせるような傑作を次々と描き上げる希望があった。ところがいまとなっては！　舞台の幕は下りてしまった。もはや筆のひと塗りを加えることさえ彼には許されないのだ。もはや刑の宣告を取り消させることはできないのだという苦い思いとともに、プレスティナーリは、自分に対して下された否定的な評価に悔しさをかみしめた。

大きな失意の中で、不意に、彼の喧嘩っ早い性格が目覚めた。『緑と紫が何だって？　なんで、あのドラベッラの馬鹿のせいで、腸が煮えくり返るような思いをしないといけないんだ？　絵のことなどさっぱりわからない、田舎者の阿呆じゃないか。あいつを洗脳したのは誰か、よくわかっている。反具象派、抽象派、新しい考えとやらを唱えている連中だ！　ドラベッラも、あのならず者たちの尻馬に乗って、鼻面を引きまわされているだけなんだ』

生前、前衛絵画を前にして沸き上がった怒りがよみがえり、彼の心を苦々しい思いでいっぱいにした。

あのごろつきどものせいで、真の芸術が、輝かしい伝統に根ざした芸術が、今日では蔑まれている。彼はそう確信していた。ままあることだが、不誠実な者や俗物どもがゲームに勝利し、誠実な者たちが負けてしまったのだ。

『あの、道化、大根役者、ほら吹き、日和見主義者どもめ！』心の中で毒づいた。『大勢の人間をたぶらかし、大きな展覧会で一等席を独り占めするために、おまえたちはいったいどんな汚い手を使ったのだ？　きっと今年も、このヴェネツィアで、まんまといい場所をせしめたのだろう。なら、見せてもらおうじゃないか……』

などとブツブツ言いながら、画家は自分の部屋をあとにして、残りの区画に滑るように移動していった。すでに夜だったが、大きな天窓には満月の光が当たり、魔法のような淡い光をまき散らしていた。プレスティナーリが前へ進むにつれて、壁に掛かった絵の中で、徐々に変化が進行していった。風景、静物、肖像、裸体といった典型的なモチーフは、少しずつその形がゆがみ、膨れ上がり、引き伸ばされ、ねじ曲がり、古風な品格が失われていき、やがて、原形をまったくとどめないまでに壊れていった。

ほら、最後の世代だ。キャンバス——そのほとんどは巨大なものだったが——の上には、混沌とした染み、飛沫、なぐり書き、被膜、渦、腫脹、穴、平行四辺形、腸のかたまりしか見出せなかった。この部屋では、新しい流派が、頭の単純な者たちを餌食にする貪欲きわまりない若い略奪者たちが勝ち誇っていた。

「おい、おい、先生」神秘的な暗がりから何者かがささやいた。

プレスティナーリはぴたっと立ち止まり、いつものように論戦や闘いに備えて身構えた。

「誰だ？　そこにいるのは？」
三、四方向から、あざ笑うような下卑たキイキイ声が一斉に聞こえてきた。それから割れるような笑い声と口笛が響き、奥に続く部屋に消えていった。
「現れたな」プレスティナーリは脚を開いて踏んばり、敵の攻撃を受け止めるべく胸を突き出してどなった。「この下劣なならず者、能なし、美術界のくず、三流のへっぽこ絵描きどもめ！　勇気があるなら、前へ出ろ！」

ふふんと小さくせせら笑う声が上がった。そしてプレスティナーリの挑戦に応えて、何とも奇妙奇天烈な異形の者たち――自由に動きまわれる円錐、球体、紐のかたまり、チューブ、袋、何かの破片、腿、腹、尻、巨大なシラミや蛆虫――がキャンバスから下りてくると、彼のまわりに群がった。そして画家のすぐ目の前で、からかうように体を揺らしながら踊った。

「下がれ、ほら吹きどもめ、いま、おれが殴りつけてやる！」いったいどうやって取りもどしたのか、二十歳の若者のような力強さで、プレスティナーリは彼らに襲いかかり、めくら滅法に殴りつけた。「さあ、食らえ！　これでも食らえ！……この外道め、大袋め、こんちくしょうめ」画家の拳は、種々雑多な者たちからなる集団を叩きのめしていった。もう勝利は目前だ。画家は大喜びで思った。奇妙な形の者たちは、殴りつけられると、粉々になり、破裂し、溶けて、どろどろしたものに変わっていった。

大虐殺だった。ついにプレスティナーリは攻撃をやめ、ハアハア荒い息をつきながら、残骸の真ん中に立っていた。そこへ棍棒のような形をした生き残りが、顔にむかって飛んできた。画家が力強い手ですばやくつかんで部屋の隅に投げつけると、ぼろ雑巾のように動かなくなった。

勝利だ！　だが彼の目の前には、まだ四匹の、形も定かでない亡霊が、ある種の威厳をたたえて立っていた。体から淡い光を放っていた。画家はそこに、遠い昔から伝わってくる、何か親しくてなじみのあるものを感じたような気がした。

ようやく理解した。彼が生涯を通じて描いてきたものとは似ても似つかない、このグロテスクな亡霊の中にも、聖なる芸術の夢が、彼が頑なに抱きつづけた希望とともに最期の時まで追求していた、あの言葉にしがたい幻が息づいていることを。

それでは、自分と、この忌むべき存在とのあいだには、何か相通じるものがあるというのだろうか？　不誠実で狡猾な連中のなかにも、誠実で純粋な芸術家が存在するのだろうか？

ひょっとしたら彼らは、天才、巨匠、運命の寵児であるということもありえるのではないだろうか？　そしていつの日か、彼らの手によって、今は狂気でしかないものが普遍的な美へと変貌を遂げるのではないだろうか？

つねに義を重んじてきたプレスティナーリは、突然の感動とともに、唖然としながら彼らを見つめた。

「おーい、おまえたち」彼は父親のような口調で言った。「さあ、いい子だから、絵の中にもどりなさい。姿を見られないように。どうやらおまえたちは立派な志も持っているようだ。だが息子たちよ、おまえたちは道を誤っている。最悪の道を歩んでいる。人間らしくなるのだ。理解しうる形を取るのだ！」

「それは無理です。人それぞれの運命というものがあるのです」四人の亡霊のなかで一番体が大きく、いびつな線細工のような形をしたものが、丁寧な口調で言った。

「だが、今のようなありさまで、何が主張できる？　誰がおまえたちを理解できるというのだ？　たしかに、ごたいそうな理論や大言壮語や難解な言葉に、頭の単純な連中は感服するだろう。だが、その結果は？　今日までにどんな結果を生み出したというのか？」

「おそらく、今はまだ」線細工が答えた。「でも、将来は……」その〈将来〉という言葉には、たしかな信頼と不思議なほどの強い力がこめられていたので、画家の心にズシンと響いた。

「では、神がおまえたちを祝福せんことを」プレスティナーリはつぶやいた。「将来……将来か……いつかは、おまえたちにその日が訪れるのだろうな……」

『それにしても、〈将来〉とは、なんと美しい言葉だろう』その言葉をもう口にすることができないプレスティナーリは思った。そして、泣いているところを見られないように、悩める霊は、外に走り出て、潟(ラグーナ)の上を駆け去った。

空き缶娘

La barattola

彼は言った。「あのう、お嬢さん、そこの右のボタンを押さないと、動きませんよ。こいつはアメリカ製の新式のジュークボックスだから」

彼女は反射的に「どうもご親切に」とだけ言って、彼を見た。気づいていなかったのだ。彼はさっきからそばにいたのに、気づいていなかったのだ。そしていま彼を見た。ほんの一瞬。

ジュークボックスの内部で機械が、幼い子どもでも扱うように、優しく、ためらうことなくレコードの束のなかから目的のものを選び出し、スムーズに動作を終えると、新しいレコードが回りはじめた。ブリキでできた小さな鐘のような、チリン、チリンという音が聞こえた。

彼は言った。「『空き缶』だ！　へえー、それじゃ、ぼくたちは好みがいっしょなんだ」

（そして笑った）。彼女は黙っていた。

彼は言った。「あのジャンニ・メッチャ〔Gianni Meccia（1931-）。イタリアのシンガーソングライター。「空き缶」（Il barattolo）は一九六〇年の作品〕って歌手は悪くない。でも、教えてください。本当に大好きなんですか？」彼女は黙っていた。

ふたたび彼女は視線をめぐらせ、できるだけすばやくちらっと彼を見る。彼はそこに立って、落ち着き払ったようすで、彼女をじっと見下ろしていた。彼女はすぐに視線をそらした。

彼は言った。「冗談ですよ。正直に言うと、この『空き缶』って曲はどちらかと言うとつまらないって思ってたんですよ。でも、あなたが選んだとなると……あなたは大好きなんですよね？」

「どうかしら」彼女はつぶやくように言った。

「それじゃあ、どうして選んだんですか？」

「さあ」彼女はつぶやくように言った。

「ぼくには、わかりますよ」彼は言った。「どうしてあなたが『空き缶』をすごく好きなのか」

「というと？」彼女はつぶやくように言った。

「ぼくはもう行きます、お嬢さん」彼は言った。「どうやら、あなたをうんざりさせているようだから。ぼくはただ音楽を聞きたかっただけなのに」

「そういうことなら、お気になさらずに、どうぞここにいらして」彼女はつぶやくように言った。

彼は黙っていた。曲は終わりにさしかかり、ブリキの鐘の音は遠くに消えていった。ジュークボックスの内部では、ふたたび機械が穏やかに整然と動いて、「空き缶」のレコードを元の場所に収めると、完全に静止した。

彼女は立ち去るそぶりを見せた。だが、そぶりだけで、迷っているようすだった。

「かけたのは『空き缶』だけですか？」彼がたずねた。

彼女は答えずに、立ち去ろうとした。

「待ってください、お嬢さん」彼は言った。「ぼくがもう一度かけてあげますから。『空き缶』って歌、あなたがなぜすごく好きなのか、ぼくにはわかりますよ」

彼女は一瞬立ち止まり、踏み出そうとした足をかろうじて止めた。ほんの一瞬のことだった。だが、もうさっきのように立ち去ることができなかった。何かが変わっていた。そしてつぶやくように言った。「なぜかしら？」

「あなたが『空き缶』をすごく好きなのは、あなたにそっくりだからですよ」

「私が空き缶に似てるですって？」彼女はむっとしてみせた。

彼は笑った。驚くほど無邪気な笑いだった。

「あなたが空き缶？　おやおや！　空き缶を蹴(け)っ飛ばす女性のほうですよ。缶を弾ませて、情け容赦(ようしゃ)なくあちこちに転がす」

「私が？」

「ええ」

「でも、歌詞からは、男か女かわからないわ」

「女にきまっていますよ。そんなことができるのは女だけです……」


そして彼が言った。「あなた、学生さんですね？」

彼女はうなずいたが、答えなかった。

彼は、彼女が自分のことを訊いてくれるのを期待していたが、何も言わないので、笑った。

彼は彼女よりも頭ひとつ分背が高かった。それから、言った。「ぼくは、機械組立工の主任なんです。でも、たぶん、あなたには興味がないことですよね」

あいかわらず彼女は黙っていた。

「ひょっとしてお嫌いですか、主任技師は？」彼は冗談めかして言った。「そんなもんに縁はないですよね」

「どうして？」彼女は言った。そしてはじめて笑った。「あなたは、ご自分のことをどう思ってらっしゃるのかしら？」

知らず知らずのうちに、二人はいっしょにバールを出た。並んで歩いていた。だが、彼女は歩みを速めた。

「あのう、お嬢さん、時々会えませんか？」

彼女は黙っていた。

「答えてください。怖いんですか？」

彼女は目を上げて彼を見た。オート三輪がものすごい音を立てながら通り過ぎた。

「ああ、私、ああいう車って、大っ嫌い」彼女がぼそっと言った。

彼がすかさず言った。「きっとあなたはとてもすてきな名前なんでしょうね」

「ちっともすてきじゃありません」

「あなたの名前がすてきでないはずがない。たとえ、クレオフェなんて名前だとしても」

このとき、彼女は自分がその場を支配しているように感じた。「どうしてわかったの？」

「クレオフェ」彼はつぶやいた。「すてきなクレオフェ」

「やめてください。私の名はルイゼッラです」

「ほら、やっぱりすてきな名前だ！　ところで、どこへ向かって急いでいるんです？」

「家です」

「それじゃあ、今夜会えませんか？」

「夜は、外出しないんです」

「じゃあ、明日の午後は？　ぼくの仕事は五時に終わりますから」

「午後は忙しいんです」

「毎日？」

「ええ、毎日。さあ、お別れします。私が乗る市電の停留所はここだから」

「わかりました。ルイゼッラさん、ぼくは明日の今頃、あのバールに『空き缶』を聴きにいきます」

「じゃあ、楽しんでください。さようなら」


そして彼は言った。「この数日間、ぼくがどうしていたか、知りたくないですか？」

「いいえ。ぜんぜん興味ありません」

「あちらこちらで跳ねまわっていたんです。どうしてあなたは、ぼくをこんなふうに跳ねまわらせて楽しんでいるんです？　ちょっとぼくの肩に耳を当ててごらんなさい。どうか、ちょっとだけ。聞こえませんか？」

「何が？」

「カラン、カランって、ぼくが転がる音が聞こえるでしょ」

「あなたって、冗談がお好きなのね」

「まあ、少しは冗談も言いますけど」

「ところで、どうしてこの道を行くの？　私、暗いところは嫌いなの。もどりましょうよ」

「ルイゼッラ、きみはなんていい香りがするんだ」

彼女は黙っていた。

「ルイゼッラ、きみはなんて美味しいんだ」

彼女は黙っていた。

「ああ、ぼくはころころ転がっている！　ここに手を当てて、お願いだから、ぼくの胸に。音が聞こえない？」

「だめ、アルフレード、だめ、お願い、いやよ」

「ちょっとだけ。ちょっとだけだから」

「ああ」彼女が声を上げた。


そして彼は言った。「だめなんだ。我慢しておくれ。明日は無理だよ」

「でも、約束したじゃない」

「遊びに行くわけじゃないんだ。仕事なんだ。わかるだろう」

彼女は黙っている。

「ねえ、どうしたの？」彼は言う。「どうしてそんな顔をするんだい？」

「じゃあ、私の顔なんか嫌いだって言ったらどう？」

「こっちにおいで、愛しい人」

「ああ、アルフレード、あなたはどうしていつもこうなの？」


そして彼は言った。「もしもし」

「チャオ」彼女が言った。

「チャオ」

「不機嫌そうな声ね。電話したのが迷惑だったの？」

「そうじゃないよ。コッキ。でも、わかってるだろう。ぼくは工場にいるんだ。仕事中なんだよ……」

彼女は黙っていた。

「もしもし！」彼は言った。

彼女の声はガラスのようだった。「コッキって誰よ？」

「えっ？　コッキ？」

「ほかの女と間違えたんでしょ。誰なの、コッキって？」

「もちろん、きみのことさ。そんなふうに呼びたくなったんだ。嫌かい？」

「どういうこと？　これまで、あなたにコッキなんて呼ばれたことなんかないわよ。ごまかすつもりなのね。ほかの女と間違えたくせに」

「お願いだよ、ルイゼッラ。ここじゃ、話せないんだよ」


そして彼は言った。「ちょっと遅れてごめんね」

「ちょっと？　もう二十分よ。わかってるでしょ。私、こんなところにつっ立っているのは嫌なの。馬鹿な連中がいっぱいうろついているし。あの女たちと間違えられちゃうわ」

「エンジンの調子が悪くてね。途中で動かなくなっちゃったのさ。このスクーター、そろそろ買い替え時かな」

「きのうの夜は、どこにいたの？」

「映画館さ」

「誰と？」

「姉さんとそのフィアンセと」

「どこの映画館？」

「エクセルシオール座だよ」

「何っていう映画をやってたの？」

「何っていう映画かって？　思い出せないな。ああ、そうそう、『炎の地平線』だよ」

「『炎の地平線』はもう一週間も前に終わってるわ。きのうの夜はどこにいたの？」

「だから、『炎の地平線』を観に行ったって、言ったじゃないか！　まったく、ルイゼッラ、きみにはいいかげん……」

「うんざりする？　そう言いたいの？　私に飽きたんでしょう。そうなんでしょう。はっきり言ったらどう？　さあ、言いなさいよ！　私……」

「ルイゼッラ、頼むから。泣き出さないでくれよ……」

「やっぱり、そう……わかってる……わかっていたわ……もう行って、行ってよ……私をほっといて……ほっといてって言ってるでしょ！」


そして彼は何も言わなかった。もう何も言わなかった。

彼女はタバコを吸いながら、部屋を行ったり来たりしていた。母親は部屋の隅に座って、娘を眺めていた。

「ルイゼッラ、どうしたの？」母親が言った。「ここ最近、ひどくいらいらしてるわね。何かあったの、ルイゼッラ？」

「何でもないって言ったでしょ。ただ、体調があまりよくないだけ。なぜだか、いつも頭痛がするの」

「ルイゼッラ、どうして、もうママには話してくれないの。何か悩みやつらいことがあるなら……」

「悩みなんかないわよ。頭痛がするだけって言ったでしょ」

「だったら、どうしてお医者さんのところに行かないの」

「医者になんか、何もわかりはしないわ……電話が鳴った？」

「いいえ、何も聞こえないわ」

「ほら、やっぱり電話だわ……もしもし、もしもし……もしもし！」

「電話のことばっかり気にしているわね。いったい、誰の電話を待ってるの？」

彼女はしばらく黙っていた。「でも、電話のベルの音がしてたわ」

そう、たしかに、何かがチリンチリンと鳴っていた。彼女を呼んでいるかのように。耳を澄ました。通りから聞こえてきた。男が歩いていた。そして時々、音が、空き缶が跳ね返るような音がしていた。歩きながら男が、何か金属でできたもの、空き缶か何かを蹴っ飛ばしていた。楽しんでいた。力いっぱい蹴っていた。缶は、あちこち弾みながら、ころころ転がっていた。彼女もあちこちで弾みながら、転がっていた。通りには人気がなくなり、空気が湿っぽくなり、薄暗くなっていた。

彼女はぼんやりと小さなテーブルを見つめていた。テーブルの上には、日用品と折りたたんだ新聞が置かれていた。記事のタイトルが目に入った。「コンゴ問題をめぐってONU〔国連のこと。Organizzazione delle Nazioni Unite の略〕で厳しい論争」。ONUって何？　何のことだっけ？　コンゴって？　コンゴだか何だか、そんなどうでもいいことを気にかける人がいるの？　何の意味があるの？

あの金属が鳴る音が、窓の真下を通っていった。通りで男が蹴るたびに、彼女の内部でズンッという音がして、彼女を揺さぶった。あちこちに激しくぶつけられているような感じがした。だが、しがみつける場所はどこにもなかった。

母親はおびえた目で娘を見た。娘から、カラン、カランと空き缶が転がるような音がしていたからだ。

庭の瘤

Le gobbe nel giardino

私は、夜の帳が降りるころ庭を散歩するのが好きだ。私は金持ちなのだろうとは思わないでほしい。私が持っているような庭は誰もが持っているのだ。どういうことかは、追々おわかりいただけるだろう。

闇の中で――といっても、部屋の窓からぼんやりとした明かりがもれているので、真っ暗闇というわけではないが――その闇の中で、私は芝生の上を歩く。靴が少し草の中に沈む。そして、歩きながらもの思いにふける。もの思いにふけながら、晴れていれば目を上げて空を眺める。星が出ていれば、いろんなことを顧みながら、星を眺める。けれども、何も考えない夜もある。星々は私の頭上に気の抜けたように浮かび、何も語りかけてはくれない。

夜の散歩をしていて何かにつまずいたのは、まだ若い頃だった。よく見えなかったので、マッチを擦った。滑らかな芝生の表面に、瘤が突き出ていた。そんなものがあるのは奇妙だった。ひょっとして庭師が何か作業でもしたのだろうかと思い、翌朝に訊いてみることにした。

翌日、ジャコモという名の庭師を呼んで、言った。「庭で何かしたのかい？　芝生に瘤があったよ。きのうの晩、つまずいたんだ。今朝、明るくなったらすぐに見てみた。細長い瘤で、死者を埋葬する墳墓に似ていた。どうしてそんなもんがあるんだい？」

「似ていたのではありません、旦那様」庭師は答えた。「まさしく墳墓なのです。昨日、ご友人がお亡くなりになったので」

それは事実だった。ごく親しい友人のサンドロ・バルトリが、山の事故で、頭蓋骨が砕けて死んだのだった。二十一歳だった。

「すると、私の友人がここに埋められていると言いたいのかね？」私はジャコモに言った。

「いいえ」彼は古い世代の人間で、そのうえ折り目正しい人なので、非常に丁寧な物言いでこう答えた。「ご友人のバルトリ様は、ごぞんじのように、山のふもとに葬られています。でも、この庭では、芝生がひとりでに持ち上がったのです。これは旦那様の庭ですから。そして、旦那様の人生に何かが起こると、かならずここにその結果が現れるのです」

「おいおい、馬鹿げた迷信話はよしてくれよ」私は彼に言った。「あの瘤をならしてくれ」

「それはできません、旦那様」彼は答えた。「私のような庭師が千人がかりで頑張っても、あの瘤は平らにできないのです」

その後、瘤は何もされずに、そのままだった。私は、日が暮れると、夜の散歩を続けた。

時々瘤にぶつかった。だが庭は十分広かったから、頻繁にではなかった。瘤は、長さが一メートル九十センチ、幅が七十センチで、その上に草が育ち、地面からの高さは二十五センチくらいだったろう。もちろん瘤につまずくたびに、私は、彼のことを、亡くなった友人のことを想った。だが、ひょっとすると逆なのかもしれなかった。つまり、そのとき友人のことを考えていたから瘤にぶつかったのだということもありえた。けれどもこれは、理解するのがなかなか難しい現象なのだ。

たとえば、夜の散歩のときに闇の中であの小さな隆起にぶつかることもなく、二、三か月が過ぎることもあった。そんな場合には、彼の思い出が蘇り、私は立ち止まって、夜の静寂の中で声をかけた。「眠っているのかい?」

だが、彼からの返事はなかった。

じじつ、彼は眠っていた。遠く離れた、ドロミーティの切り立った断崖の下の、山の墓地で。そして年月が経つにつれて、誰ももう彼のことを思い出さなくなってしまった。誰も彼に花を持っていかなくなった。

ところが、多くの歳月が流れたある晩、散歩の最中に、ちょうど庭の反対側で、私は別の瘤につまずいた。

あやうくばったり地面に倒れるところだった。真夜中過ぎだった。みな眠りについていた。

だが、私はひどくむしゃくしゃして、「ジャコモ、ジャコモ」と声を上げて庭師を呼んだ。彼を叩き起こしてやろうと思ったのだ。はたして窓の明かりがつき、ジャコモが窓辺に顔を出した。

「この瘤は、いったい何だ?」私は大声で言った。「おまえが地面を掘り返したのか?」「いいえ、旦那様。先日、旦那様の親しい仕事仲間のおひとりが亡くなられたので。コルナーリという方です」彼は答えた。

ところが、ほどなくして、三つ目の瘤にぶつかった。真夜中だったにもかかわらず、今回も寝ているジャコモを呼んだ。いまでは、あの瘤が何を意味するのかよくわかっていた。だが、その日、悪い知らせは届いていなかった。だから、どうしても確かめたかったのだ。ジャコモは、腹を立てることもなく、窓辺に姿を現した。「誰なんだ?」私はたずねた。「誰か亡くなったのか?」「はい、旦那様。ジュゼッペ・パタネ様です」

それから何年かは穏やかな日々が過ぎた。だが、あるときから、庭の芝生の上で、ふたたび瘤が増えはじめた。小さなものもあったが、一跨ぎ(ひとまた)で跳び越えることができず、まるで小さな丘のように一方から登って、反対側に降りるような巨大な瘤も出現した。そんな重々しい瘤が二つ、わずかなあいだに立てつづけに出現した。何が起きたのか、ジャコモに訊くまでもなかった。その下には、その二つの、バイソンのように小高い塚には、残酷にもむしり取られた私の大切な人生の一部が眠っていた。

だから、闇の中でこの二つの恐ろしい小山にぶつかるたびに、心は千々に乱れ、私はおびえた子どものように立ちつくしながら友人たちの名前を呼ぶ。コルナーリ、パタネ、レビッツィ、ロンガネージ、マウリ。ともに成長した者たち、何年もいっしょに働いた者たちを。さらに大きな声で呼ぶ。ネーグロ！ ヴェルガーニ！ まるで点呼をとるようだ。だが、答える者はいない。


そうして、かつては滑らかで、楽々と歩けた私の庭は、少しずつ戦場に変わっていった。草はまだ生えていた。だが芝生は、小山や瘤や出っ張りや起伏が複雑に入り組み、でこぼこになっていた。その突起物のひとつひとつは、ある名前に対応していた。その名前はある友人を指していた。さらにその友人は、遠くにある墓に、私の心の中の空虚につながっていた。

そしてこの夏、そばに立つと、星々を覆い隠してしまうほど高い瘤が出現した。象ほどに、小さな家ほどに大きな瘤だった。そこに登るのは、いわば登攀で、何やら恐ろしくて、避けて迂回するに如くはなかった。

その日は、悪い知らせはまったく届いていなかったので、その庭の変化は私をひどく驚かせた。だがこのときも、私はすぐに知ることになった。亡くなったのは、過ぎ去りし青春時代のもっとも親しい友人だった。彼と私のあいだには、たくさんの真実があった。二人で世界を、人生を、最高に美しいものを発見した。いっしょに詩や絵画や音楽や山の世界を探求した。これだけの数え切れないほどの思い出を収めるには、どんなに切り詰めて表現したとしても、まさに小さな山が必要だったのは当然だ。

そのとき私は、抗いたいという衝動を感じた。いや、そんなはずはないと、私は恐ろしくなって自分に言い聞かせた。そして、ふたたび友人たちの名前を呼んだ。コルナーリ、パタネ、レビッツィ、ロンガネージ、マウリ、ネーグロ、ヴェルガーニ、セガーラ、オルランディ、キアレッリ、ブランビッラ。このとき、一種の夜風が吹きぬけて、「ここだ」と答えた。たしかに、声らしきものが「ここだ」と答え、それは別の世界からやってきたように思えた。だがおそらくは、ただの夜鳥の声だったのだろう。夜の鳥たちは私の庭が好きだから。

あなた方は言うかもしれない。どうしてこんな恐ろしくて悲しいことを話題にするんですか？　人生はそもそも短いし、生きていくだけで大変なのに、わざわざ気に病むのは馬鹿げているじゃないですか。結局のところ、この悲しみはあなただけのものであって、私たちには関係ないことです、と。だが、私は答える。たしかに、あなた方と関係のないことだったら、よかったでしょう。でも、残念ながらあなた方にも関係あるのです、と。なぜなら、芝生に瘤が生えてくるこの現象は、すべての人に起こるからだ。（ようやく私の言いたかったことにたどり着いたが）じつは、私たちひとりひとりが、この痛ましい現象が起こる庭の持ち主なのだ。そしてそれは、この世の始まりから連綿とくり返し起こってきたことであり、あなた方にも起こるだろう。文学の形を借りたジョークではない。まさにこのとおりなのだ。

もちろん、私は思う。いつの日か、どこかの庭に、私に関係した瘤が生えてくるのではないかと。おそらくそれは、二級か三級のちっぽけな瘤で、昼間、太陽が高い所から当たっているときには目に留まらないような、芝生の皺みたいなものだろう。それでもこの世の誰か、少なくともひとりくらいはそれにつまずくだろう。

もしかすると私は、このろくでもない性格のせいで、人気のない古ぼけた廊下の奥で、犬のようにひとりで死ぬかもしれない。それでもその夜、誰かが庭に生えてきた瘤につまずくだろう。次の夜も、つまずくだろう。そしてその度に――どうか、私の希望的観測を赦してほしい――ほんのわずかな哀惜の情とともに、ディーノ・ブッツァーティと呼ばれていた人間に想いを馳せることだろう。

神出鬼没

L'ubiquio

私はまだ編集長に話すべきかどうか迷っていた。私の身に、ある不思議ですごいことが起きたのだ。

編集長を信用していないわけではない。彼とは知り合って何年にもなる。私を大事にしてくれる人だ。私をひどい目に遭わせたりはしないし、破滅させようなんて夢にも思わないだろう。だが、ジャーナリズムというのは因果な商売だ。スクープ記事で紙面を飾るためなら、望まなくても、いずれ私を窮地に陥らせるのはまちがいない。

今回の場合、用心するに越したことはない。そもそもこの日記を書いていること自体、危険なのだ。もし誰かの目に触れたら、うわさが広まったら、いったい誰が私を助けてくれるだろう?

ことの始まりは、私の古い趣味だった。私は昔からオカルト文学や魔術、心霊現象、神秘学などが大好きだった。書斎はその種の本でいっぱいだ。

その蔵書の中に、一冊の写本がある。二百頁余りの二つ折り版で、少なくとも一世紀は前のものだ。古い書物にままあるように、タイトルページが欠けている。本文は、イタリック体のラテン文字で書かれていて、三つか、四つか、五つの文字でできた単語がずらずらと並んでいるが、意味はさっぱりわからない。たとえば、一ページ目は、「Pra fbee silon its tita shi dor dor sbhsa cpu snun eas pioj umeno kai...」といった具合だ。

私はそれを、何年か前に、フェラーラの古物商から手に入れた。店の主人は、まったく価値がないものと見ていた。その方面にくわしい者が、十七世紀に流布しはじめた、いわゆる「奥義書」のひとつだと、教えてくれた。そこに書かれているものは、魔術師たちが言うところによれば、啓示の産物なのだ。その秘密はこのように成り立っている。意味を欠いた単調で切れ目のない言葉の連なりの中のどこかに呪文が隠されていて、それは一見すると、ほかの部分と変わらないように見える。だが、その呪文を声に出して読み上げるだけで、超人的な能力を授かるという。たとえば、未来を予知する力だとか、人の心を読む力だとか。やっかいなのは、はてしないカオスの中からその呪文を特定することだった。

正しい呪文を言い当てるには、本の端から端まで、何か月もかけて読み上げればいい、それが一番簡単な方法だ、と思われるかもしれない。ともかく、試してみる価値はあると。だが、ことはそう単純ではない。呪文は、読み上げるときに、別の言葉に先立たれない場合にだけ働く。つまり、正確に呪文の頭から言いはじめる必要があった。テクストの分量を考えれば、積み藁の中から一本の針を見つけるようなものだ。それに、針が存在しない可能性だって除外できないのだ。

その道の専門家は私に言った。「本物の奥義書が百あるとすれば、それぞれに対して少なくとも九十九の偽物が出まわっている。それどころか、本物はこの世にたった一冊しか存在せず、残りはすべて偽物だと主張する者もいる。そのうえ、その唯一の本さえまだ有効かどうか疑わしい。なぜなら、呪文は一度使われてしまうと、その力を失ってしまうから」

ともかく私は、もっぱらおまじないとして、毎晩寝る前に、本をでたらめに開いて、ページの適当な個所から数行を、声に出して読むのを習慣にしていた。

もちろん信じていたわけではない。それは、気分をリラックスさせるためのささやかな儀式のようなものだった。人に知られるわけでもないし、骨の折れることでもない。

さて、五月十七日の木曜日の夜、いつものようにでたらめに選んだ一節を声に出して読んだあと（そのときはふだんと何ら変わったところはなく、注意もしていなかったので、どの個所だったのか、残念ながらもう思い出せないが）、私にある変化が起こった。

それに気づいたのは数分後だった。体が軽くなって、活力に満ちているような心地よい感じがしたのだ。うれしい驚きだった。なぜだかふだん、私はいつもひどく疲れているから。

ともかく、夜も遅かったので、寝ようと思った。

ネクタイを外しながら、ベッドで読もうと思っていた本を――それはガルザンティ社刊のロナルド・セスの『マタパン岬』だったが――書斎に置いていたことを思い出した。

その瞬間、私は書斎にいた。

どうやって部屋に来たのか？　私はひどく忘れっぽい人間だが、部屋から部屋に移動したことを思い出せないなんてことがあるはずない。ところが、事実そうなのだった。

でも、気にはしなかった。ぼんやりしているのはいつものことだし、頭で考えているのとは別のことをしていることもよくあった。

だが、同じ現象はすぐあとで、さらに驚くべき形でふたたび起きた。書斎にその本が見つからなかったので、私は新聞社に置き忘れたことを思い出したのだ。

まさにその瞬間、私はソルフェリーノ通り二十八番の新聞社にいた。正確には、三階にある私のオフィスに。部屋は真っ暗だった。

明かりをつけて時刻を見た。九時二十分だった。奇妙だ。ネクタイを外す前に、私は腕時計を外し、時刻をしかと見た。九時十八分だった。わずか二分しか経っていないなんて、ありえない。

そう、それにどうやって社まで来たのだ？　まったく何も憶えていなかった。家を出たことも、車に乗ったことも、道を進んだことも憶えていなかった。新聞社に入ったことも憶えていなかった。

いったい何が起きているのだろう？　気がつくと汗びっしょりだった。恐ろしい疑いがわいた。記憶障害か？　それとももっと悪いことか？　脳に腫瘍や膿瘍ができたときに、そのような症状が現れると聞いたことがあった。

それからとつぜん、不条理で、滑稽で、馬鹿げた考えが浮かんだ。だが、その考えにはよい点があった。病気の可能性を排除できるという点である。だから、気持ちも楽になるように思えた。そのうえ、私の身に起きたことに完全に一致していた。

つまり、こう考えたのだ。家から新聞社まで、私は超自然的な現象によって、一瞬のうちに移動したのではないか、今夜私は写本の中の正しい呪文を言い当て、伝説的な瞬間移動の能力を獲得したのではないか、と。

それは子どもじみた空想、馬鹿げた考えだった。だが、どうしてすぐに確かめてみないのか？　私は家にもどりたいと念じてみた。

みなが知っている現実の世界からとつぜん、神秘的な別の領域に移行した者の感覚を言葉で言い表すのはたいへん難しい。私はもう人間ではない。何かそれ以上のものなのだ。誰も手にしたことのない、計り知れない力を持っているのだ。

じじつ私は、あっという間に家にもどっていた。本当に光の速さを超えるスピードである場所から別の場所へ移動できるという証拠だ。私を妨げる障害はなかった。国から国へ飛びまわれた。もっとも人目につかない、禁じられた場所にもぐり込むことができた。分厚い壁に守られた銀行の金庫室や権力者の家、世界一の美女たちの寝室にも忍び込むことができた。だが、本当なのだろうか？　ありえないことのように思えた。夢でも見ているような気がした。まだ心の底から納得してはいなかった。さらに実験をしてみた。浴室に行きたいと念じた。すると浴室にいた。大聖堂(ドゥオーモ)広場に行きたいと念じた。すると広場にいた。上海に行きたいと念じた。すると上海にいた。

バラックが建ち並ぶ長い通りだった。悪臭が漂っていた。日が昇るところだった。

私は心の中でつぶやいた。なんと、これだけの距離を移動するのに、思考の速さもかからないじゃないか。それから時差を思い出した。ここでは夜明けだが、ミラノではまだ夜の十時なのだ。

大勢の男女が同じ方向に向かって急ぎ足で道を歩いていた。人々が私をじろじろ見だした。たしかに、私は場違いな服装をしていた。数人のグループが物問いたげなようすで私のほうに向かってきた。うち二人は軍服を着ていた。私は怖くなった。ミラノの家にもどりたいと念じた。すると家にいた。

口から心臓が飛び出しそうだった。私の心の中の勝ち誇ったような歓喜はいかばかりだったか。冒険と驚きと喜びと世界的な成功からなる、すばらしい未来が私の目の前に開けていた。

ジャーナリストとしての仕事に想いを馳（は）せた。スタンリー[*1]も大ルイージ・バルヅィーニ[*2]も、私の足元にも及ばない。電送写真やテレタイプなんぞお払い箱だ。コロラドで地震が起きた？　私はカメラを手にしてただちに現場にいる。警察の規制線も乗り越えて。そしてその十分後には、編集室で記事を書いている。クレムリンで内紛？　ビュン。テープレコーダーを持った私は、家具の後ろに身を潜め、フルシチョフの怒声を録音している。エリザベス・テイラーの家で変事？　頭の中で思った瞬間には、私はもう彼女の寝室にいる。カーテンの後ろに、テープレコーダーを持って。「コッリエーレ」紙の前では、「ニューヨーク・タイムズ」だって、ひよっこ同然だ。

富についても考えた。そう、私は銀行にも、宝石店にも、フォート・ノックス〔アメリカ・ケンタッキー州にある陸軍基地。米国が保有する金塊の保管庫が置かれている〕の地下倉庫にだって入り込める。だが、そう考えたのも一瞬のことだった。大金が何だというのか？　どうして盗む必要があろう？　新聞社は私に高額の報酬を払ってくれる。私が書く喜劇は毎年何千万もの利益を生みだす。それに絵は？　私の絵だけで、お大尽のような生活ができる。

それよりは、愛や放蕩だ。どんなにお高くとまっている女も私からは逃げられない。いや、どうしてすぐに試さないのだ？　私は、A・Sの寝室に行きたい、と念じた（私も紳士なので、彼女の名前は伏せておく）。

誓って言うが、私は彼女の部屋にいた。彼女はひとりで眠っていた。部屋は真っ暗で、ブラインドから街灯の明かりが射し込んでいた。

ところが、私はまだ服も靴も身に付けたままなのに気づいた。美女の部屋に靴を履いて入るなんて！　自分がどれだけ馬鹿げたことをしているか、理解した。

そのとき、愛らしい彼女は寝返りをうって、私にぶつかった。目を覚まして、ちらりと私を見るなり、恐ろしい悲鳴を上げた。いますぐ家へ、と私は念じた。あっという間に家にもどった。

この静まり返ったわが家にもどった私は、恐るべき危険を冒そうとしていることにようやく気づいた。もし、私のような驚くべき能力を備えた人間が存在すると知れたら、大変なことになる。各国の首脳や権力者や指導者たちの恐怖を想像できるだろうか？　私がいつでも、彼らの背後から短剣で襲い掛かることができ、防ぎようがないと知ったら？　私の命はもうないも同然だろう。

さて、あれから十二日がすぎた。私はもう実験をくり返していない。いつもと同じように働き、変わらぬ生活を続けている。だが、心の平安は失われてしまった。ある考えが私を悩ませている。秘密の力を使う誘惑に抗しきれるだろうか、という心配である。世界中を飛びまわっているところを見られないだろうか？　正体がばれないだろうか？

女性とのアバンチュールも、考えれば考えるほど、望み薄な気がしてきた。仮に、世界中の美女がベッドで寝ていたり風呂に入っていたりするところに私が現れたとして、彼女たちが私を歓迎したりするだろうか？　騒ぎ立てて、悲鳴を上げるだけだろう。私はずらかるしかない。

ジャーナリストとしての成功は、必然的に長くは続かないだろう。最初のセンセーショナルな活躍ののちに、パニックが広まり、調査が行われるだろう。世界中に私が出現したことは、すぐに人々の注意を引き、真相が暴かれるだろう。そうなれば、ディーノ・ブッツァーティは、この世からおさらばだ。首筋を拳銃で撃ち抜かれるか、青酸カリを一服盛られるか。誰もそれを止められはしない。

いまや、私は自分に問う。この状況下で、新聞社への愛着や、仕事への情熱や、功名心もけっこうだが、それで命を失うことになってしまったら？　もし編集長に秘密を打ち明ければ、彼は、人目を引かないように細心の慎重さをもって私の能力を活用するにちがいない。

だが、どんどん深みにはまって抜け出せなくなることは、目に見えている。もし将来、新聞社のために編集長が困難な任務を求めてきたら、臆病に尻込みすることができるだろうか？　きっと私は、ケープ・カナベラル、オラン、モスクワ、北京、バッキンガム宮殿のあいだを行ったり来たりすることになるだろう。そしていずれは現場を押さえられるだろう。

そう、私の場合のように、あまりに大きすぎる力は、結局、持っていないのと等しいのだ。それを使うのはあまりに危険すぎるから。ああ、私は途方もない宝物を持っていながら、それをまったく使うことができないのだ。死を覚悟しないかぎりは。

結局、私は心が安らかでいられるだろう。私は誰の邪魔もしないだろう。眠れる美女たちを目覚めさせることもなければ、世界中の大物たちをスパイしたりもしない。誰の部屋ものぞき見しない。何もないふりをするだろう。

編集長よ、赦して（ゆる）ほしい。私は信用できないのだ。

＊1　「（ヘンリー・モートン・）スタンリー」……Henry Morton Stanley（1841–1904）。イギリス出身のジャーナリスト・探検家。アフリカ探検で知られる。

＊2　「ルイージ・バルヅィーニ」……Luigi Barzini（1874–1947）。イタリアの著名なジャーナリスト。日露戦争や一九〇七年の北京〜パリ大陸横断ラリーを取材したルポルタージュなどで知られる。

同名の息子もジャーナリスト。

二人の運転手

I due autisti

あれから何年も経ったいまも、私は思う。私の母の亡骸を遠い墓地に運ぶあいだ、二人の運転手が何を話していたのだろうか、と。

それは三百キロ以上の距離の長い旅だった。高速道路は空いていたにもかかわらず、霊柩車はのろのろと進んでいた。私たち子どもが乗った車は、約百メートルほど後ろをついて走っていた。スピードメーターの針は、およそ七十キロから七十五キロのあいだで揺れていた。もしかしたら、こういう霊柩車は、スピードが出ないように作られているからかもしれない。だが私は、速く走るのは死者に対して失礼に当たる、といったような規則があって、そうしているのだろうと思った。なんと馬鹿げたことか。私は逆に、時速百キロで飛ばすほうが母はきっと喜んだだろう、と思うのだが。少なくともスピードを出して走れば、母は、ベッルーノにある家に向かう、いつもと同じ、気楽な夏のお出かけなのだと思っただろう。

夏の訪れを感じさせる、六月のよく晴れた日だった。あたりの田園風景はすばらしく美しかった。ここを何百回と通りすぎた母は、もうそれを見ることはできなかった。強い陽射しの太陽はいま空高くに昇り、高速道路の向こうには逃げ水ができていた。そのせいで、遠くの車が宙に浮いているように見えた。

　スピードメーターの針は、およそ七十キロから七十五キロのあいだで揺れていた。私たちの前を走る霊柩車は止まっているように見えた。そのかたわらを、ほかの車が何台も、楽しげにびゅんびゅん疾走していった。男も女もみな生き生きとして、特別仕様のオープンカーを走らせる若者の隣にいるすばらしい娘たちも風に髪をなびかせていた。トラックも、トレーラーつきのトラックも、私たちを追い越していった。それくらい霊柩車はゆっくりと進んでいたのだ。私は、なんと愚かなことかと思った。燃えるように赤いすばらしいスポーツカーに乗せて、アクセルを力いっぱい踏みながら、遠い墓地まで運んであげられたら、亡くなった母にとって、それはすてきで思いやりのあることだろうに、と。詰まるところ、彼女にとって、この世での人生のささやかなおまけになることだろう。しかるに、アスファルトの道路の上をゆっくりと走るさまは、いかにも葬送という感じがしていた。

　だから私は、二人の運転手が何を話しているのだろうと思っていた。ひとりは、一メートル八十五センチはある背の高い男だった。温和な顔にがっちりした体格の大男だった。だが、もうひとりも屈強な男だった。出発の時に、私は彼らをちらっと見た。こういう仕事にふさわしいタイプでは全くなかった。鉄板を積んだトラックの運転手でもしているほうが、ずっと似つかわしかった。

彼らは、いったいどんな話をしているのだろうと私は思った。というのも、それは私の母がこの世で聞く最後の言葉、最後の人の会話だったからだ。そして彼らは、薄情な人間たちではないにしても、このように長く単調な旅のあいだに、きっとおしゃべりせずにはいられないはずだ。自分たちの後ろの、ほんのわずかな距離に母が横たわっているという事実は、彼らにとってはこれっぽっちも重要でない。もちろん、こういうことには慣れているし、そうでなければ、この仕事は務まらないだろう。むこうに到着したら、すぐに墓地のある教会でミサが始まるし、そのときから音や言葉はこの世のものではなくなり、あの世の音や言葉になってしまうから、二人の会話は、母が聞くことのできる最後の人間の言葉だった。

何を話しているのだろう？　暑さのことか、帰るのにかかる時間のことか。家族の話か、サッカーのチームについてか。ルート沿いに点在する美味しいレストランを互いに薦め合い、そこに立ち寄れないことを残念がっているのか。運転手という職業柄、車の話をしているのだろうか？　霊柩車の運転手だって、やはり車の世界に属しているわけだし、車は彼らを夢中にさせるものだ。それとも、恋の冒険を語り合っているのか。いつも寄るガソリンスタンドの近くのバールにいる、あのブロンドの娘を憶えてるか？　そう、あの子だ。へえー、じゃあ話してみろよ、おれは信じないけどね。嘘じゃないぞ、誓ってもいい……。それとも、下品な笑い話でもしているのだろうか？　車を走らせながら何時間も二人きりでいる男のあいだでは、よくあることではないのか？　なぜなら、彼らは二人きりだと思っているし、霊柩車の後ろに収められている亡骸は、その存在を忘れてしまっているというわけではないにしろ、存在していないようなものだから。

そして母は、彼らの冗談を、下卑た笑いを聞いているのではないか？　そう、きっと聞いていて、悲しみに満ちた母の心はますます締めつけられる。運転手たちを軽蔑してではなく、母が心から愛したこの世で最後に聞く声が彼らの声で、子どもたちの声ではないのがつらくてだ。

私はいま思い出す。あのとき――ヴィチェンツァに差しかかり、のしかかるような真昼の暑さが物の輪郭を揺らめかしていたあのとき――私は、最後の日々に、本当にわずかしか母のそばにいなかったことを思い起こしたことを。そして、胸の真ん中に痛みを、通常は後悔と呼ばれるものを感じたことを。

まさにそのとき――なぜだかそのときまでは、この惨めな記憶がとつぜんよみがえってくることなどなかったのだが――朝、新聞社に出勤する前に彼女の部屋をのぞいたときの、母の声が私を苦しめはじめた。「具合はどう？」「昨日の夜は眠れたわ」母は答えた（きっと注射のおかげだ）。「仕事に行くよ」「行っておいで」

「ディーノ」廊下を二、三歩進んだとき、恐れていた言葉が聞こえてきた。私は引き返した。「昼食にはもどるの？」「うん」「夕食は？」

「夕食は？」ああ、その問いの中に、どれほど無邪気で、大きくて、同時にささやかな望みが込められていることか。求めているわけでも、強要しているわけでもない。ただ、たずねているだけだ。

だが、私には馬鹿げた約束があった。私を愛してはいないし、つまりは私なんかどうでもいいと思っている娘たちとの約束が。そして八時半に、老いと病に蝕まれ、すでに死の気配が漂っている悲しい家にもどってくるのだと考えると、私はぞっとした。人はどうして、真実であっても、そうした恐ろしいことを正直に口にはできないのだろう？

「さあ、どうかな。電話するよ」と、そのとき私は答えた。だが、「だめなんだ」と伝えることになるのはわかっていた。母は、私が「だめなんだ」と電話してくることをすぐにさとった。そして「行っておいで」という言葉には大きな落胆がこもっていた。だが、私は息子だった。子どもだけがそうなれるように、自分勝手だった。

そのときは、私は良心の呵責を感じなかった。後悔やうしろめたさはなかった。私は「電話する」と言ったのだ。そして母には、夕食に私がもどってこないことがよくわかっていたのだ。

年老いて、病気になり、やつれはて、最期の時が迫っていることを自覚している母は、もし私が夕食に帰宅すれば、悲しみがわずかでも薄らいで、喜んだだろう。私は一言も言葉を交わさないかもしれない。あれやこれやの腹立たしいことのせいでむすっとしているかもしれない。それでも、もうベッドから動けない母は、寝室から、私が向こうのダイニングキッチンにいることを知って、慰められただろう。

ところが、私はそうしなかった。愚かで悪党の私は、友人たちと笑ったり、軽口を叩いたりしながらミラノの街をぶらぶらしていた。私の人生の意味であり、私の最後の支えであり、私を理解し、愛してくれるただひとりの人間、私のために胸を痛めてくれるたったひとりの人が死にかけているというのに（そして、たとえこの先三百年生きられたとしても、そのような人間を見つけることはけっしてないだろう）。

母には、夕食の前にかけるわずかな言葉で十分だったろう。私は小さなソファーに座り、彼女はベッドに横たわっている。私は生活や仕事の話を少しする。そして夕食のあとは、どこへでも私を好きなところに行かせてくれただろう。残念だとは思わなかっただろう。それどころか、私が気を紛らわす機会を得られて、満足だっただろう。私は、ふたたび出かける前に、彼女の部屋に入って声をかけただろう。「注射は打ったの？」「ええ、今夜はよく眠れると思うわ」

そんなふうに、母はわずかなものしか求めなかった。だが私は、醜いエゴイズムのせいで、それさえも応えてあげなかったのだ。私は息子であり、子どものエゴイズムゆえに、どれだけ母を愛しているかをわかろうとすることを拒んでいたのである。そして、この世で最後に耳にしたものが、見知らぬ二人の運転手のおしゃべりと冗談と笑い声だった。人生が彼女に与えた最後の贈り物がそれだった。

だが、もう遅すぎる。どうしようもないほど遅すぎる。もう二年近く前に、闇の中で両親や祖父母や曾祖父たちの棺が並ぶ小さな地下聖堂は、石の蓋によって閉ざされてしまった。すでに石の隙間は土で埋まり、小さな草がそこここで伸びようとしている。何か月か前に銅の花立にさした花はもう見る影もない。母が病気になって死を覚悟していたあの日々はもうもどってはこない。母は沈黙している。私を責めたりしない。おそらく、私を赦してさえいるだろう。私は息子だから。いや、きっと赦している。それでも、思い出すと、心が休まらない。

あらゆる真の苦しみは、神秘的な物質でできた板に刻まれている。それにくらべれば、御影石などバターのようなものだ。それを消すには永遠の時間でさえ十分ではない。たとえ何億世紀が経ったとしても、私のせいで母が味わった苦しみと孤独は存在しつづけることだろう。そして私は、それを癒してあげることができない。せいぜい、罪滅ぼしをするだけだ。

母が私を見ていることを期待しながら。

だが、母が私を見ることはない。母は死んで、破壊されてしまい、いなくなってしまった。いや正確には、歳月と病と腐敗と時が苦しめぬいた肉体の残骸しかもう残ってはいない。それ以外は何も？　そう、何も残っていない。母の存在は跡形もなく消えてしまったのだろうか？

それは誰にもわからない。だが時々、とくに午後ひとりでいるときに、私は奇妙な感覚をおぼえることがある。まるで、少し前までは存在しなかった何かが私の中に入ってくるような感覚、まるで、ある形容しがたいエッセンスのようなもの、私のではないと同時にどこまでも私のものでもあるエッセンスが私の中に宿り、私はもうひとりではなく、神秘的な精神が私の一挙手一投足、言葉のひとつひとつを見守っているかのような感覚を。母だ！　けれども魔法は長くは続かない。せいぜい一時間半だ。それから、一日が、その無慈悲な車輪によって、ふたたび私を磨りつぶしはじめるのだ。

現代の地獄への旅

Viaggio agli inferni del secolo

一　難しい任務　*Un servizio difficile*

メッセンジャーボーイが私のオフィスにやってきて、編集長が私との面談を求めている旨を伝えた。朝の十時半だった。その時間、編集長はまだ新聞社に来てないはずだ。

「編集長はもう出社しているのですか?」私はたずねた。

「まだだと思います。ふだんは正午においでです」

「じゃあ、あなたに私を呼ぶように言ったのは誰なのですか?」

「編集局の秘書室から電話があったのです」

奇妙だ。通常、新聞社では、伝言のやりとりなどはせずに、物事はもっと手っ取り早く進む。いつものように灰色に曇ったミラノの朝の十時半。いまにも雨がまた降りそうだった。

正午頃に編集長が到着し、私は出頭した。四月三十七日だった。雨がふたたび降りはじめていた。広々としたオフィスには明かりがついていた。

編集長は微笑(ほほえ)みながら、私を座らせた。ひどく愛想がよかった。

彼は言った。「ブッツァーティさん、あなたとはめったに顔を合わせることがないですね。

で、どんな御用ですかな？」

「あなたが私をおさがしだとうかがったのですが」

「私があなたを？　きっと誰かが勘違いしたのでしょう。いや、さがしてなどいませんでした。でも今日、こうして会えてよかったです」

編集長はいつも愛想がいい。だが、やけに愛想がいいときもある。そういうときは、たいてい下心がある。だから、編集長がいつもにもまして愛想がいいときには、私たち編集者はみな、漠然とした不安を感じるのだ。

編集長は大きな書き物机に座っていた。仕事を山ほど抱えている者ほどそうだが、机の上には書類がほとんど見当たらなかった。リラックスしたようすで、おもむろに手を口にもっていった。

「ああ！」と彼は声を上げた。「そうでした。いま思い出しました。たしかに昨日、あなたをさがしていました。といっても、重要な用件ではありませんが」

「何か急ぎの取材でもあるのでしょうか？」

「いやいや。もう思い出せません」彼はなにやらほかの考えに没頭しているようだった。間を置いてから、ふたたび口を開いた。「ところで、調子はいかがです、ブッツァーティさん？　いや、訊くまでもないですな。顔色もすこぶるよさそうですし」

いったい編集長は何の話をしようとしているのだろう？　そのとき電話が鳴った。「もしもし」彼は電話に出た。「やあ……じつを言うと……どうして？……来週にも……いや、急いではいないよ……重要なのは、よく考えて選ぶことだ」

私が立ち上がろうとすると、編集長は手を振って私を引き留め、話しつづけた。

「そうかもしれない……だけど、こっちも載せる記事はいろいろあってね……その場合には……いや、まだだ……そうじゃないよ……いいねえ、私もちょうど同じ名前を思い浮かべていたところだ……（長い沈黙）……いざとなれば……もちろん……できるだけ早く話すよ……オーケー……じゃあ、また」

編集長は受話器にむかって話しながら、見るともなしに私のほうを見ていた。まるで、壁か家具でもながめているように、ぼんやりと。

心配性の私は、ひょっとして私のことを話題にしているのだろうか、と疑った。運命はよくこうした偶然を楽しむものだから。だが彼のまなざしには、私を意識しているようなところが感じられなかった。私以外の誰かのことを考えながら、ぼんやりと私を見ているのだ。彼は紺の三つぞろいの背広に、白いシャツを着こみ、ボルドーワインの色のネクタイを締めていた。なかなかおしゃれだ。

編集長は受話器を置いた。「ローマ支局のスタッツィからです」と、わざわざ教えてくれた。「キプロスの新しい通信員のポストについて話していたんです……ごぞんじかと思いますが、キプロスに駐在員を派遣することになっていましてね……時期は遅くとも……」

「それは初耳です」

「フォッソンブローニなど、どうでしょうね？」

「さあ。彼のことはあまり知らないもので。優秀な若者のようですが」

「まだ経験は浅いが、きっと得るものも多いでしょう」そう言って彼は、ようやく問題に真剣に向き合うことを決意した者のように、両手の親指をチョッキの縁に差し入れた。ちょっと古めかしいしぐさだ。といっても、実際のところ問題など存在しないかのように、冗談めかした感じがあったが。

「さて、ブッツァーティさん」

「私にキプロスへ行けと？」

するど、彼はいかにも愉快そうに笑いだした。「キプロス？　いや、あなたをキプロスなどへは……あなたを派遣するとしたら、もっと……」

私は編集長室を出た。だが、扉を閉める瞬間、ちらりと後ろを振り返って、扉の隙間越しにいま一度編集長を見た。私を扉まで追っていた彼の視線は、私を追いつづけていた。だが、微笑みを浮かべていたその顔はすでに、じっと考え込むような堅い表情に変わっていた。さながら、どんな刑が宣告されることになるかわかっていながら、ついいままで冗談まじりの会話を交わしていた顧客を見送る大物弁護士のようだった。

このとき私はさとった。メッセンジャーボーイから伝言を受けたときに感じた虫の知らせは気のせいではなかったことを。何かが私のために準備されつつあった（何かが膨らんでいこうとしていた）。おそらく私にとってよくないことが。ただの新しい仕事、新しい任務や遠方への出張などではない。処分や懲罰でもない。それは私の人生に大きく関わる決定なのだと、私は予感していた。

「きみも呼ばれたのか？」このとき、廊下に居て、私が編集長室から出てくるのを見たサンドロ・ゲパルディが声をかけてきた。

「というと？　きみも呼ばれたの？」

「ぼくだけじゃない。みんなだ。ゲルフィ、ダミアーニ、ポスピスキル、アルメリーニ。最後に残っていたのがきみだ」

「いったい、何ごとだろう？」

「何か事件が関わっているにちがいない。かなりミステリアスな事件が」

「なぜ？」

「うーん……社内に異様な空気が感じられるんだ。まるで……」

このとき部屋の扉が開いて、編集長が戸口に姿を現すと、黙って私たちを見た。

「やあ、ゲパルディ」私は同僚に声をかけた。

「やあ」

私は足早に進んで、階段を下りた。いや、下りようとしていたとき、上から呼ぶ声がした。

「ブッツァーティさん」

私は振り返った。声は——その主はわからなかったが——こう聞こえた。「編集長が、編集長殿が、編集長殿が、編集長殿がお呼びですー！」

その声は、デリケートで痛みを感じやすい私の奥底にズシンと響いた。運命の毛深い手が私に触れるのを感じた。せわしげでリズミカルな足音が、階段を下り、私の背後に向かってきた。私はその足音を子どもの時から知っていた。それは私をとらえ、破滅させてしまうのだ。

声が言った。「編集長がお呼びです」

編集長は、彼の大きな事務机に座って、私の目を見つめていた。

彼は言った。「ブッツァーティさん、あなたに頼みがあるのですが」

「取材ですか？　場所は？」

「おそらく……」

彼は口ごもった。何か困難で重大な瞬間を迎えようとするかのように、手の指を組み合わせた。私は待っていた。

「おそらく……いや、期待などしていません……私自身疑っているのですが……でも、調べてみるのもいいかもしれません……」

「何をです？」

編集長は肘掛椅子（ひじかけいす）の上で座りなおし、意を決すると切り出した。

「ブッツァーティさん、地下鉄の工事について、ある調査をしていただけませんか？」

「地下鉄ですか？」私は驚いて訊き返した。

編集長は、私にタバコを一本差し出すと、自分のタバコにも火をつけた。

「地下鉄の工事現場です」彼は言った。「見つけたと言うんです……トッリアーニという名の作業員のひとりが……偶然に、掘削工事の最中に……センピオーネの辺りで……つまりですねえ……」

私は編集長を見つめていた。不安になってきた。

私はたずねた。「私は何を調査すればよいのです？」

彼は話を続けた。「偶然に……ミラノの地下の掘削の最中に……見つけたというのです……偶然に見つけたのだと……」彼は、戸惑い、ためらっているようだった。

「偶然に、何を？……」私は先を促した。

「偶然に見つけたらしいのです」彼はじっと私を見据えた。「……私自身は信じがたいのですが……」

「どうか、はっきり言ってください……」私はもう我慢ができなかった。

「地獄の扉を見つけたと言うんです……小さな扉のようなものを」

非常にタフで堂々たる人物が、生涯をかけてひたすら望んできたことがいざ実現した段になると、ブルブル震えて、青ざめ、怖気づいてしまったという話を聞くことがある。

それでも、私はたずねた。

「それで、中に入れるのですか？」

「そうらしいです」

「地獄ですか？」

「地獄です」

「地獄界なのですか？」

「地獄界です」

沈黙が訪れた。

「で、私は？」

「提案でしかありません……ただの提案です。私も承知しています……」

「誰かほかにこのことを知っている者は？」

「誰もいません」

「わが社はそれをどうやって知ったのです？」

「たまたまです。そのトッリアーニという人物の妻というのが、昔、わが社の新聞の配送をしていた者の娘でね」

「発見したとき、ひとりだったのですか？」

「いいえ、もうひとりいたそうです」

「で、そのもうひとりは誰かにしゃべっていないのですか？」

「それはありえません」

「どうして？」

「もうひとりは地獄をのぞきに行って、もどってこなかったからです」

「で、私は……」

「もう一度言いますが、これはただの提案です……つまるところ、この種のことについては、あなたは専門家なのではないですかな？」

「ひとりで行くのですか？」

「そのほうがいいでしょう。ひとりのほうが目立ちにくいでしょうから。うまくやってください。身分証は役には立ちません。むこうには、わが社のツテはありませんし。少なくとも知るかぎりでは」

「ウェルギリウス〔古代ローマの叙事詩人。ダンテの『神曲』の中では、地獄と煉獄においてダンテを導く案内役として登場する〕はいないのですか？」

「いません」

「でも、向こうの人たちは、どうやって、私がただの旅行者だと理解できるのでしょう？」

「そこはうまくやるのです。トッリアーニ氏が言うには……彼はちょっとあちらをのぞいただけですが……彼が言うには、見かけは、私たちの世界とまったく変わらないそうです。人々の体は骨と肉でできていて、ダンテが描いた霊たちのようではまったくなく、私たちと同じような服を着ています。それに、私たちの町のように、電気の明かりや車もあるそうです。だから、紛れ込み、むこうの人間になりすますのはいともたやすいことでしょう。でも、そのかわり、よそ者だとわかってもらうのは難しいでしょう」

「そのう……だとすれば、私は火あぶりにされてしまうじゃないですか」

「馬鹿な。誰が地獄の業火(ごうか)の話などしました。くり返しますが、見た目はここまったく同じなのです。家も、バールも、映画館も、商店もね。だから悪魔だって……」

「で……それで、トッリアーニ氏の連れはどうして帰ってこなかったのでしょう？」

「さあ……迷子になったのかもしれません……地上にもどる扉が見つからなかったのかも……あるいは楽しいことを見つけたのかも……」

「それから、もうひとつわからないことがあります。どうして、世界のほかの場所ではなく、このミラノなんでしょう？」

「そういうわけではないのです。というか、扉はいくつもあるようなのです。どの町にもいくつもの扉が。ただ、誰も知らない……あるいは誰も話さないだけで……ともかくあなたは、これが新聞社にとって大特ダネであることは認めるでしょう」

「たしかに……でも、信じてもらえるでしょうか？　何か証拠が必要でしょう。少なくとも写真を持ち帰らないと……」

私は混乱していた。かの有名な扉が開こうとしているのだ。体よく断るわけにはいかない。それでは、恥ずべき敵前逃亡になってしまう。けれども、私は怖かった。

「ねえ、ブッツァーティさん。先走って考えるのはよしましょう。私だって頭から信じているわけではないのです。そもそもあり得ないような話ですし、よくわからない点がいくつもあります……そのトッリアーニ氏を訪ねて、話を聞いてみては？」

編集長は紙を差し出した。紙には住所が書いてあった。

二　ミラノ地下鉄の秘密　*I segreti della «MM»*

こうして私は、ミラノ地下鉄の掘削工事の作業員であるトッリアーニ氏に会いに行った。彼は地下で偶然に、地獄に通じる小さな扉を発見してしまったのだ。編集長が教えてくれたように、トッリアーニ氏の妻はかつてわが社の新聞の配送人をしていた人物の娘だった。だから、住所を知ることができたのだ。

フリオ・トッリアーニ氏は、ヴィットリア門の近くのサン・レモ私有道三十二番のアパートに、妻と二人の子どもといっしょに暮らしていた。彼が自ら扉を開けて迎えてくれた。

「先生、どうぞこちらへ」とリビングに通じる扉を指し示しながら言った。「来ていただいて恐縮ですが……」

「私は先生ではありませんよ」私は言った。「お邪魔して申しわけありません。じつはある任務を仰せつかりまして、というのは……」

彼はやや背が高く、がっしりした体格で、年は四十歳前後だった。白いシャツに灰色の服を着て、ほっそりとしたきれいな手をしていた。上着の胸ポケットから計算尺がのぞいていた。

この人が作業員？　じっさいは、彼は土木建設の専門家で、掘削工事を請け負った企業の現場監督だった。ポー川下流に住む人々を思わせる、晴れやかで威厳のある顔に、気さくな笑みをたたえ、ボクサーのような手首をしていた。地獄を見てきた人間とはとても思えなかった！

「どうぞ、お掛けになってください……いや、そちらの肘掛椅子（ひじかけいす）のほうがいいでしょう……まずお伝えしなければならないのですが……」

「トッリアーニさん、どうか嫌とはおっしゃらないでください。私どもはただ……」

すると、彼は笑った。「私は、あのような噂（うわさ）がどうして広まったのかさえ知らないのですよ」

「なんですって？　それじゃ、事実ではないのですか？」私は大きな安堵（あんど）をおぼえた。だとすると、すべては作り話で、任務は煙のように消えてしまったのだ。

「まったく信じられませんよ。私は誰にも話していないのです。妻も誰にも話してはいなかったのですから。どうやって噂が広まったかは神のみぞ知るです……しかも、いろいろと尾ひれまでついて！　たとえば、あちらの世界をのぞきに行って、そのまま帰らなかった同僚のこととか」

「その同僚というのは、どなたなのですか？」

「いや、そんな者はいないんです。最初からいなかったんですよ！」

「すみません、トッリアーニさん。それでも、真実のかけらくらいはあったはずです。そうでなければ……」

彼は愉快そうに私の顔を見つめた。「真実のかけらですって？　ああ、こいつは傑作だ！」そう言うと、彼は健康的な笑いをはじけさせた。

そのとき私は立ち上がった。すっかり気持ちが楽になっていた。恐ろしい不安を抱えて医者のところに行ったところ、医者から何でもないと言われたときのように。ようやく私は自問した。どうして編集長はあんな馬鹿げた話を真に受けたのか、どうして私自身も信じてしまったのか、と。ミラノに地獄？　黄泉の国の扉が、奇跡の発展を遂げた経済の中心都市に？　私はタバコに火をつけたかった。

「ご迷惑をおかけしたことをお詫びするしかありません。なにしろ、私たちジャーナリストの仕事というのは……」

「迷惑だなんて、とんでもない。お知り合いになれてよかった」

そのとき、視線をめぐらせた私は、小さなテーブルの上に、ドレの挿絵入りの『神曲』の古い版が置かれているのに気づいた。本の頁が開かれていて、不吉な大岩の間を抜けて、黒々とした深淵の口に向かって降りてゆくダンテとウェルギリウスの姿が遠くから目に入った。

それはまるで鐘の音か、鉤爪（かぎづめ）のようであった。私を送るために扉までついてきたトッリアーニ氏の心地よい声が背後から響いた。

「夜でした」彼は言った。「私たちは交代で働きつづけていました。グランド・ホッパーと呼ばれる掘削機が穴を掘りぬいたばかりで、削り取られた土の壁から石と泥が崩れ落ちてきました。そのとき……」

「ええっ？　それでは、事実なんですか？」

「ほらほら、先生。そんな顔をしている場合じゃないですよ。もし本当にご興味があるなら、その正確な場所をお見せしましょう」

もちろんそんな話ははなから信じていなかったが、この上なく愛想のよい、ミラノ地下鉄のロベルト・ヴィチェドーミニ技師はアメンドラ広場の駅までトッリアーニ氏と私に同行してくれた。見本市で降っていた雨はすでにやんでいて、わずかに欠けた月が輝いていた。広場の電子時計は一時五十分を示していた。つまり、トッリアーニ氏が地獄に行った運命の時間まであと十分だった。作業員のひとりが中央階段の鉄の扉を開け、明かりをつけた。

地下の改札口は、もういつでも使えるように見え、いまにも乗客が押し寄せてきそうだった。だが、このときは不気味なほど静まり返っていた。

「すばらしい」私は勇気を奮い立たせるつもりで口を開いた。「じつに見事な造りですね」「で、どこなんだね？」ヴィチェドーミニ技師は、トッリアーニ氏のほうを向き、からかうように言った。

「プラットホームAの奥です」現場監督は答えた。

乗客の入場と出場は、回転式の自動改札機でチェックされる。入り口の改札機では、百二十度の角度に取り付けられた三つの腕木が回転するようになっている。乗客は切符を投入口に入れる。すると電子装置が、切符が有効なものであることを確認して打刻し、ゲートを通れるようにし、乗客が通ると、ふたたびゲートを閉ざす。有効でない切符が入れられると警報が鳴る仕組みだ。

だがいまは、入り口の改札機は回転しないし、切符も投入されない。電子装置も働いていなければ、警報が鳴ることもない。何もかもが待機の状態で眠っていて、巨大なメリーゴーラウンドはまだ動きはじめてはいないからだ。

私たちはプラットホームに降りて、その北西の端まで進んだ。ホームの端から約二メートル手前で、トッリアーニ氏は、ある高さまで壁を覆っている、暗褐色と赤の斑点模様の大きなグラニリア〔小石や大理石の砕石をセメントで固めた建築資材。床のタイルや流し、パネルなどに用いられる〕のパネルのひとつを指さして、言った。

「ここが、その場所です」彼はもう笑おうとはしなかった。

「でもいまは、覆われて、完全にふさがれていますね」

「このパネルは簡単に外せます。そういうふうに作られているのです。後ろにはたくさんのケーブルが通っているので、修理が必要なときに開けられるように。ですよね、技師さん？」

技師はうなずいた。

「でも、パネルは外せても、例の扉は壁でふさがれてしまっているんじゃないのですか？」

私は言った。

「四分の三はね。下のほうに金属の出入り口が取り付けられています。四つん這いになれば通れます」トッリアーニ氏が説明した。

技師は彼をじっと見つめた。「トッリアーニさん、ことの重大性を理解したうえでおっしゃってるのですか？」

「そのつもりです」

完成したばかりの駅には墓場のような静けさが支配し、動いているものは何もなかった。

ただ、電車が走るトンネルの暗い奥から、時折ブーンという謎めいた音が聞こえていた。

「すると、あなたはここに、通路が、抜け道か回廊が、さらに言えば、悪魔が存在するとおっしゃるのですね?」

「そのとおりです」

「そしてここで働く人々は誰もまったく気づいていないと?」

「もちろん、気づいてはいます。でも、スフォルツァ城の周辺にあるような大昔の地下道のひとつだと思ったのです。でも、私は入って、のぞいてみたのです」

「あなたひとりで?」

「ええ。なにしろ、二、三メートル進んだところで地盤が崩れていて、通路をほとんどふさいでしまっているので、通り抜けるのも一苦労ですから」

「で、その先には?」技師は、ますます懐疑的になりながら、たずねた。

それぞれのプラットホームの端の、電車がやってくる側には、焦点距離のちがう二つのテレビカメラが設置されている。ひとつは、ホーム全体を見渡せ、もうひとつは、もっと離れた場所を拡大して映し出す。二つのテレビカメラの切り替えは、必要に応じて監視員が行う。監視員は、それぞれ各プラットホームに対応し、常時作動している二つのモニターを眺めている。だがこのとき、監視員は二つの異なる焦点距離のカメラを切り替えたりはしていない。

監視員はまだいないし、大勢の乗客も存在しないからだ。客と言えば、遥かかなたの国に出発しようとしている旅人がひとりいるだけだ。

「二十メートルほど進むと」トッリアーニ氏が説明を続けた。「通路の奥にわずかな光が見えました。そして地上に登っていく幅の狭い梯子がありました」

「で、あなたは登ったのですか？」

「ええ、そうです」

「どこへ出ました？　見本市ですか？」

「車で埋め尽くされた見たこともない通りに。車はみな止まっていました。微動だにできないほど渋滞していたのです。反対に、歩道では、大勢の人間が行き来していました。それはまるで……巣をひと蹴りされたアリたちのようでした」

「それが、あなたの言う地獄なのですか？　あなたの知らない、近くの道路だったのではないですか？」

「それはありえません。それに、わかりませんか？　私が通路に潜り込んだのは夜中の二時でした。そしてあちらは……あちらは、真昼だったのです。そして引き返したとき、時間はせいぜい十分しか過ぎていなくて、夜でした。もしあれが地獄でなければ……」

「地獄ではなく、煉獄だったら？　硫黄の臭いはしていましたか？　炎を見ましたか？」

「炎などは全然。火は、むしろ、哀れな人間たちの目の中に宿っていましたが」

技師はいまや憤っているように見えた。まるでトッリアーニ氏にからかわれたかのように。

「もう、けっこう。その扉とやらを見てみようじゃありませんか。さあ、開けてください、トッリアーニさん。われらがブッツァーティさんが、あなたのようにその扉をくぐりたくてうずうずしているのですから」

トッリアーニ氏は出入り口に通じる階段のほうを振り向くと、「アンセルモー！」と牡牛のような声で叫んだ。広々とした地下で、その声は陰気に響きわたった。

すぐに向こうから、作業服に身を包み、革の袋を肩にかけた男が現れた。

作業員だった。トッリアーニが手招きした。作業服の男がパネルの縁に触れると、パネルは動き、小さな跳ね橋のように開いた。内部が、回線ごとに赤、黄、黒、白に被覆されたケーブルの大きな束が露わになった。

「ほら」トッリアーニ氏は、床の隅の鉄の扉を指さしながら言った。それは、船の舷窓のように、丸い形で、上の部分が蝶番で固定されていた。さらに、フォークの形をした三つのねじ受けがついていて、そこにつまみのついたねじがはめ込まれていた。

「だが、こいつは下水道の点検に使うごくふつうの管だ」技師が大きな声で言った。「さあ、トッリアーニさん、開けてください。水の音が聞こえるでしょう。いったいどんな悪臭がすることか」

作業員は三つのねじをゆるめ、扉を開けた。

私たちはかがみ込んだ。向こうには濃い闇があった。

「これは水の音じゃないな」私は言った。

「水なわけがありません」トッリアーニ氏はしたり顔で言った。

技師は何かつぶやきながら、後ずさりした。おそらく混乱し、当惑し、不安になったのだ。

通路の奥から聞こえてくるのは、いったい何の音なのだろう？　あの恐ろしい音にはどんな意味があるのだろう？　そのバラバラで気ちがいじみた合唱の中に、時折、叫び声やまくし立てるような人の声が聞き分けられるように思えた（長く罪深い人生を送ったあげくに、予期せぬ形で死が迫り、残されたわずか数秒の間に、あわてて罪の告白をしているのだろうか？）。それとも、機械のうなり声か？　機械のしゃくりあげか？　年老いて、体が麻痺し、蝕まれた、人間という機械の嘆きや祈りか？　重たく固く恐ろしいものが、滝となって、荒々しいとどろきを上げながら、ほかのものを、これらの柔らかくて痛々しいものをすりつぶしながら、落ちていた。

「だめです、行ってはいけません」技師が蚊の鳴くような声で私に言った。

何をいまさら！　すでに作業服を着こんで、懐中電灯を握っているというのに。私は膝をついた。

「ごきげんよう、先生」トッリアーニ氏は人のよさそうな笑みをうかべながら言った。「すみません。私のせいかもしれません。おそらく私は黙っているべきでした」

私は隙間に頭を潜り込ませ、這い進んだ。遠くから聞こえてくる合唱はとどろきに変わった。奥のほうに、光の点が見えた。

三　女悪魔たち　*Le diavolesse*

地下道は二十メートルほど続いて、狭い梯子の下で終わっていた。その上に、地獄があった。

上からは、昼間のように、灰色のぼんやりとした光が射し込んでいた。三十段くらいのひと続きの梯子のてっぺんは鉄格子の扉になっていた。格子越しに、通り過ぎていく男や女の人影が見えていた。みな、足早にせかせかと歩いていたが、上半身や肩や頭しか見えなかった。

車が走る音は聞こえてこなかった。だが、途切れのないざわめきと言うか、時折小さなクラクションの音が混じった低い騒音が聞こえていた。

高鳴る心臓の鼓動とともに、私は梯子を登り、鉄格子までたどり着いた。道行く人々は私に目もくれなかった。なんと奇妙な地獄だ。人々は、あなた方や私たちと同じような人間で、見たところ、やはりしっかりとした肉体でできていた。着ている服も、私たちの世界で日々目にするものと変わらなかった。

ヴィチェドーミニ技師が正しかったのだろうか？　何もかも冗談で、私は愚かにも、あんな馬鹿げた作り話を信じてしまったのだろうか？　これが地獄だって？　自分が知らないだけの、ミラノの街の一角ではないのか。

とは言っても、現場監督のトッリアーニ氏を驚かせたのと同じ状況については説明がつかなかった。ほんの数分前、地下鉄の駅では夜中の二時だったのに、ここはいま昼間だった。それとも、これはすべて夢なのか？

まわりを見まわした。トッリアーニ氏が描写したとおりの光景が広がっていた。ぱっと見たところでは、地獄や悪魔を連想させるところは何もなかった。それどころか、どこをとっても、私たちが毎日見ている町に似ていた。いや、まったく違いはなかった。

頭上には、煙とスモッグで覆われた、タールのように灰色な、見慣れた空があった。まるで、その陰鬱な層のむこうにあるのは太陽ではなく、途方もなく大きな電灯、私たちの世界で使われているようなわびしい光を放つ電灯、巨大な蛍光灯であるかのようだった。ともかく、人々の顔は蒼白く、疲れて見えた。

家々も、私たちの世界のものと変わらなかった。古い建物もあれば、近代的な建物もある。平均すると七階から十五階だった。私たちの世界の集合住宅と同じように、美しくもなければ汚くもない。ほとんどの窓には明かりがともっていて、窓のむこうには、座って仕事をしている男女の姿が見られた。

店の看板や広告の張り紙はイタリア語で書かれていて、日々使っているのと同じ商品を扱っているという事実にほっとした。

通りにも、変わったところはなかった。ただ、まさしくトッリアーニ氏が描写したとおりに、止まった車がひしめきあっていた。

車は、止まりたくて止まっているわけでも、信号にしたがって止まっているわけでもなかった。じっさい、四十メートル間隔に置かれた信号機は、青を示していた。車はただ、巨大な渋滞に巻き込まれて動かないのだ。その渋滞は、おそらく町全体に広がっていて、前にも後ろにも行くこともできないのだった。

止まった車の中には人が乗っていて、たいていはひとりきりだった。彼らも幽霊のようではなく、生身の人間に見えた。ハンドルに手を置き、身じろぎひとつせず、蒼白い顔には、麻薬患者のような虚ろな無気力感が漂っていた。抜け出したくてもそうすることもできず、車はぎゅうぎゅうに詰まっているのだった。ドライバーたちは、ウィンドウをとおして外を眺めていた。表情とも言えぬような表情を浮かべて、ぼんやりと眺めていた。時折、誰かがクラクションを鳴らした。物悲しく、頼りなげで、ものうげな音が響いた。蒼白く、虚ろで、罰せられ、打ちひしがれた者たちだった。彼らはもはやいかなる希望も抱いていなかった。

そのとき私は思った。もしかして、これこそが本当にここが地獄なのだというしるしなのではないだろうか、と。それとも、このような悪夢は、生者たちの町でも日常的に起きているのだろうか？

答えはわからなかった。

たしかに、車の中に囚われて身動きの取れない人々が、途方に暮れ、気力もうせてじっとしているさまは、なんともぞっとする光景だった。

「いい気味だわ！」私のそばで、ぴしっとした声が響いた。

ウエストを絞ったアイアングレーのスーツを着た、年は四十歳くらいの、背の高い、非常に美しい女が、満足げに車を眺めていた。私から五十センチほど離れたところに立っていて、横顔を向けていた。ギリシャ彫像を思わせる、きりっとして威厳があり、自信に満ちた顔だった。微笑（ほほえ）んでいた。

思わず、私は彼女にたずねた。「どうして？」

女はふり向きさえしなかった。「あいつら、一時間くらいクラクションを鳴らしつづけて大騒ぎをしていたのが、ようやくおとなしくなったのよ」と女は答えた。完璧なイタリア語の発音だった。ただ、Rの発音が柔らかだったが。

それから、私を見た。目の覚めるような青い目だった。

「梯子を登ってきたの?」皮肉っぽい口調でたずねた。

「まあ……その……」

「ついていらして」

まったく、愚かにもわざわざ面倒なことに足を突っ込むようなことをしてしまうとは。黙っていればよかったのに。アマゾン族の女王は、とある建物のガラス扉を開けた。「どうぞ、こちらへ」

「どうぞ」と言ったが、それは軍隊の命令よりもたちが悪かった。非合法に忍び込んだ私がどうして逆らえるだろう? 彼女のあとについて行きながら、私はオゾンを思わせるえも言えぬ香りに気づいた。

エレベーターに導かれ、乗り込んだ。エレベーターには、ほかに七人乗っていた。ぎゅうぎゅう詰めだったので、体を押された。私と変わらない固い肉体だった。それでは、亡者と生者のあいだにはまったく違いがないのだろうか? 同じような顔に同じような服、同じ言葉、同じ新聞、同じグラビア雑誌。タバコまで同じだ(会計士ふうの男はポケットからフィルター付きのナツィオナーレ・スーペルの箱を取り出して、タバコに火をつけた)。

「どこに向かっているのです?」私は女将軍にたずねてみた。答えてはくれなかった。

十階で降りた。女は表札のない扉を押し開けた。中は広々としたオフィスのような部屋だった。壁のひとつがガラス張りになっていて、外には、鉛色の町の風景が広がっていた。部屋の端から端まで、受付カウンターのような台がのびていた。その台の向こうでは、白いレースの襟のついた黒い仕事着を着た十人くらいの娘が働いていた。ある者はタイプライターに、別の者は押しボタンが並んだ奇妙なキーボードに、またある者は電子制御盤――門外漢の私には少なくともそう思えた――にむかって仕事をしていた。

どこをとっても、近代的で、豪華で、効率的な感じがした。カウンターの前には、小さなガラスのテーブルと、黒い革張りの肘掛椅子が三つ置かれていた。だが女大公は、私に座るようにすすめはしなかった。

「この世界をのぞきにいらしたの？」だしぬけに彼女がたずねた。

「そのう……ほんのちょっとだけ……私は記者でして……」

「入って、眺めて、他人の事に鼻を突っ込んで、聞き込みをして、メモを取る、ですよね？　そして、何食わぬ顔で去っていく。ちがいますか？　いいえ、そうはいきませんわよ……ここにいらしたからには、この世界をとことん味わいつくしていただきますわ。さもないと、あまりに虫がよすぎますから……」それから叫んだ。「ロゼッラ！　ロゼッラ！」

まだあどけない顔立ちの、十八歳くらいの娘が駆けつけた。若々しい皮膚の張りから上唇が反っていて、無邪気で驚いたような目をしていた。ここが地獄だとしても、こんな娘たちが大勢いるなら、それほど悪いところでもないな、と私は思った。

「ロゼッラ、この方の氏名と生年月日をたずねて、すぐに記録と照合しなさい」女社長は命じた。「ひょっとすると……」

「かしこまりました」彼女の言いたいことをぱっと理解したようすでロゼッラは答えた。

「ひょっとすると、何なのです?」私は不安をつのらせながらたずねた。

「もしかすると、あなたはすでにこの世界に登録されているかもしれません……」女主人は穏やかに答えた。

「来たばかりなのに!」

「それは問題ではありません。よくあることですから……ともかく、簡単に確かめられます」

私が氏名を伝えると、ロゼッラは、電子計算機に似た金属の箱の前に行って、せわしげにキーボードを操作していた。箱からブーンという音が聞こえてきた。それから、赤いランプが点灯し、カチッという音がしたかと思うと、ピンク色の長方形の紙切れが小さなアルミの受け皿に滑り出た。

その紙を取ると、ペンテシレイア〔トロイア戦争をめぐる伝説に登場するアマゾン族の女王〕は満足げなようすだった。

「思ったとおりだわ……通りで見かけたときにすぐにぴんと来たの……この顔は間違いな

いって！……」

「と言うと？」

興味をひかれて、ロゼッラのほかに、三人の娘たちが、カウンターのまわりに集まってきて、耳をそばだてた。ほかの娘たちは、ロゼッラほど背が高くはなかったが、少し低いだけで、みな潑剌（はつらつ）として、元気のよい、今風の娘たちだった。

「つまり、ブッツァーティさん、あんたもこの世界の住人だってことよ。それもずっと前からね」彼女はいきなりなれなれしい口調になって答えた。

「私が？」

女所長は紙をひらひらさせた。

「あのう」私は言った。「大きな誤解があるようです。あなたが正確にはどういう方だか存じませんが、正直に何もかも申し上げます……たぶん、あなたは笑われるでしょう。笑いで涙が出るでしょう……私がどんな馬鹿げたことを信じ込んでいたか、ご存じですか？　ほかの人たちが私に何を信じ込ませようとしていたか、おわかりですか？」

「どんなこと？」

「つまり、ここは……この世界は……地獄だというのです」そう言って、私は無理に笑おうとした。

「ちっとも可笑しくないわ」

「つまり、明らかに、何もかも冗談だったのです」

「冗談ですって？」

「だって、この世界の人々はみな生きているじゃないですか。あなただって生きているんじゃないですか？　このお嬢さんたちもそうじゃないですか？　だとすると？　地獄は別のところにあるんじゃないですか？」

「誰がそんなことを言ったの？　神の裁きはいつかは来るものよ」

四人の娘たちは愉快そうにその場に立ち会っていた。娘たちは、小さくて細くて小生意気な鼻をしていた。

私は自己弁護を試みた。「私はここには来たことがありません。なのに、どうして私の記録があるのでしょう？」

「この建物に入ったことはなくても、この下に見える町はよく知ってるはずよ」

私は外をのぞいた。だが、わからなかった。

「ミラノじゃないの」彼女は言った。「いったい、どこだと思ったの？」

「ここがミラノ？」

「もちろんミラノよ。そして同時に、ハンブルクでも、ロンドンでも、アムステルダム、シカゴ、東京でもある。あんたには呆れるわ。二つの世界、三つの世界、十の世界が——何と言うか——相互に浸透し合って、同じ場所に共存しうることくらい、職業柄知っていそうなものなのに……てっきり、あんたはこういうことを知っていると思ってたわ」

「では、私は……私は、地獄に堕ちたのですか？」

「そのようね」

「私がどんな悪いことをしたっていうんです？」

「さあね」女は言った。「それはどうでもいいことだわ。あんたはそういうふうにできていたから地獄に堕ちた。あんたのような人間は、子どものときから自分のうちに地獄を抱え込んでいるの……」

私は恐ろしくなってきた。

「で、マダム、あなたはいったい何者なのです？」

娘たちは笑い出した。彼女も笑い出した。全員、奇妙な笑い方をしていた。

「それから、たぶんあんたはこの子たちが誰かも知りたいんでしょ？　かわいらしい子たちでしょ？　気に入った？　紹介してもらいたいんじゃない？」

彼女は大いに楽しんでいた。

「地獄よ！」彼女はもう一度言った。「ちょっと見てごらんなさい。そうだとわかるから。

わが家にいるように感じるはずよ」

彼女は私の腕をつかんで、ガラス窓のほうへ押しやった。そのとき眼下には、町が、はるかかなたまで、驚くべき正確さをもって見渡せた。昼間の鈍く青白い光が薄らいでゆくにつれ、窓には明かりがともっていた。ミラノ、デトロイト、デュッセルドルフ、パリ、プラハが、尖塔(せんとう)と深淵が織りなす熱狂の中でごちゃまぜになりながら、輝いていた。そしてこの巨大な光の杯の中で、人間たちが、細菌のような人間たちが、時の疾走に駆り立てられながらうごめいていた。彼ら自身の手で作られた、恐ろしい、傲慢(ごうまん)な機械が動き、彼らを貪(むさぼ)り食っていた。そして人間たちは逃げようとするどころか、歯車のはざまに飛び込もうと群がっているのだった。

女監督官が私の肩をたたいた。

「あっちに行ってごらんなさい。この子たちが、あんたにすてきなゲームを見せたがっているから」

そのときまで仕事に集中していたほかの事務員たちも笑い声を上げ、キャーキャー言いながら集まってきた。

私は隣の部屋に連れていかれた。そこには、テレビ受像機に似たスクリーンがついた複雑極まりない装置がいくつも並んでいた。

愛らしいロゼッラが、鉄道の転轍機のレバーを小さくしたような棒のグリップを握った。

そして、恐ろしいレッスンが始まった。

四　加速　*Le accelerazioni*

部屋の大きなガラス窓からは、巨大な町の全景が見渡せた。それは地獄だった。ここはバーミンガム？　デトロイト？　シドニー？　大阪？　クラスノヤルスク？　サマルカンド？　ミラノ？

アリたちが、細菌たちが、いや人間たちが、ひとりひとり疲れも知らずに走りまわっているのが見えた。何にむかって、何にむかって走っているのか？　彼らは走り、たたき、書き、電話し、議論し、切り、食べ、開け、眺め、キスをし、押し、考え、抱きしめ、発明し、穴を開け、掃除をし、汚していた。私の目には、袖の折り目や靴下のほころびや丸めた背中や目尻のしわが見えていた。欠乏、欲望、忍耐、苦悩、渇望、利益、恐怖から生まれる光を宿した目が見えた。

私の背後には、私を捕らえた恐るべき女と、奇妙な機械の制御盤を操作する彼女の侍女たちがいた。

彼女は、女指揮官は、私に近づいてきて言った。「見える？」

目の前には、見渡すかぎり、人間たちの労苦が展開していた。彼らがもがき、震え、笑い、這い上がり、倒れ、這い上がり、そしてふたたび倒れ、殴り合い、話し合い、笑い、泣き、誓うのを見た。それもこれもすべて、来るべき瞬間、訪れるであろう出来事、成就するであろう願い、良きことを期待してそうしているのだ。

傲然と構えた婦人は、私に言った。「見てごらん！」

彼女は右手で一種のレバーを握り、ゆっくりと動かした。時計に似た明るい目盛盤の針が右に動いた。たちまち、町で暮らす無数の人々の動きが加速した。だが、それは正常な活動ではなかった。苦悩や熱情、熱狂、渇望に駆り立てられ、行動し、前進し、かせぎ、虚栄心や野心や世俗的なちっぽけな勝利という想像上の台にちょっとだけよじのぼろうとしているのだった。まるで目に見えない怪物とがむしゃらに戦う軍隊のようだった。動きは激しさを増し、顔はますます引きつって疲労の色を濃くし、声はしわがれていった。

彼女はレバーをさらに少し動かした。地上の人々は、ますます勢いを増して、それぞれの欲望に導かれるがままに、ありとあらゆる方向に突き進んでいった。その一方で、彼らの禍々しい聖堂の尖塔は、微動だにせず、黒々と、夜の煙の中に溶け込んでいた。

「ほら、彼よ」という愛らしい声が、縦六十センチ、横一メートルくらいの、テレビ受像機に似た大きな明るい画面のほうに私の注意を惹きつけた。そこには、ひとりの男がアップで映し出されていた。この機械にも、ずらっと並んだ押しボタンとともに、小さなレバーがついていた。それを操作しているのはロゼッラだった。

男は、広いオフィスで椅子に座っていた。年は四十五といったところか。りっぱな地位にある人物にちがいない。だが、心の中でも、現実においても、目に見えない怪物を相手にもがいていた。

このとき、彼は電話をしている最中だった。「いや、無理でしょう。あなた方がいくら頑張ったところでうまくいかないでしょう……わかりました、そのほうが私にとってもありがたいです……ええ、三年前にベルンで……なおさらです……私の友人である組合のロジャーかサッターに頼んでもらえませんか……いえ、この数日間はほかの件で頭がいっぱいだったもので……何ですって？　現場を押さえられた？　私を困った立場に追い込まないでくださいよ……」

女の秘書が書類の束を抱えて入ってきた。別の電話が鳴り、秘書が受けた。「監督局からです」

彼は笑みを浮かべながら、二つ目の電話の受話器もつかんだ。「申しわけありません」最初の電話の相手に言った。「ほかの電話が入っていまして、すみませんが、またあとでお話しましょう。本当にありがとう」それから二番目の電話に出る。「やあ、イズマーニさん……ちょうどお電話をお待ちしていたところです……ええ、そうですとも……もちろん、やる気がないわけではありません……そうです……共和国の名にかけて、でしょ？……イズマーニさん、そんなことおっしゃらないでください。どうかお願いしますよ」

秘書がもどってきて、「外でコンプトンさんがお待ちです」と伝えた。彼は笑った。「ああ、あのうっとうしいシリア人か」と電話の相手に聞こえないよう言った。「私が呼んだら、通しなさい」

ロゼッラは、満足げにその光景を眺めている。

「誰なんです？」私はたずねた。

「彼女のチビの彼氏よ」赤毛を三つ編みにしている娘が答えて、ロゼッラのほうを顎で示した。

「で、何者なんです？」

「スティーブン・ティーラボスキ。企業家よ」

「企業というと？」

「さあ。何かを作ってる会社でしょ」

そのときオフィスにシリア人が入ってくるのが見えた。太った近眼の男だ。それから最初のほうの電話が鳴り、さらに従業員の技師が入ってきて、第三区域で故障が起きたことを伝えた。スティーブンは現場にすっとんでいった。だが、工場に着いたとき、インターホンで、シュッットガルトからオフィスに電話が入っていることが伝えられた。すると、スティーブンは電話に出るために、走ってオフィスにもどった。オフィスの前で、彼を待っていた工場委員会の代表の三人と出会った。シュッットガルトと電話で話しているあいだ、二台目の電話が鳴った。古い親しい友人のアウグストだ。病気の彼はひとりで退屈していて、誰かと話したかったのだ。それでも、驚くほど自信に満ちたようすで、スティーブンは笑顔を浮かべつづけていた。

美しき地獄の婦人が肘でロゼッラをつついた。「ねえ、ロゼッラ、まさかあいつに惚れてるんじゃないでしょうね？」

「とんでもない」ロゼッラは真面目な顔で言い、気まぐれでこずるそうな上唇を引っ込めた。同時に、ゆっくりとレバーを手前に引いた。

たちまち、ティーラボスキ氏のオフィスで、何かが起こりはじめた。それはあたかも、浴槽の蛇口がひねられ、水が上がってくるや、浴槽の中に滑り落ちていたゴキブリがあわてふためき右往左往しながら、つるつるした垂直な陶器の壁を必死にのぼろうとするものの、どうにもならないさまを思わせた。テンポが速まり、不安と動揺が生じ、ティーラボスキ氏の動作も思考も不安定になっていった。

彼は電話に向かってしゃべっていた、だめです、どんなに頑張っても無理です、私の友人かサッターに頼んでください、秘書が入ってきた、別の電話が鳴った、監督局からです、申しわけない、ありがとう、もちろんやる気はあります、イズマーニさん、秘書、コンプトン氏、電話、第三区域の故障、シュッットガルトからの電話、工場委員会……それでも、まだ彼はしゃきっとして、若々しくて、微笑んでいた。まったくたいした元気だ。

娘たちが画面のまわりに集まって、作業を見守った。ロゼッラはすごいわ。なんて拷問がうまいの、なんてかわいらしい子なのかしら。

画面に映ったスティーブン・ティーラボスキ氏の動きは、ますますせわしなくなっていた。彼の日々の仕事のスケジュールの中に、あたかも衣服の中にもぐりこむノミやダニのように、うっとうしくてよからぬ連中がわんさか忍び込んできたからだ。彼らは、時間の隙間に入り込み、電話や、扉や、廊下や、道路に通じる出入口に、その固く尖った鼻づらを突っ込むや、その勢力を情け容赦なく広げていった。紹介状を携えた者、発明家、友人の友人、慈善活動家、広報担当者、百科事典の訪問販売員、感じはいいがうっとうしい連中、感じが悪くてうっとうしい連中、そういった輩だ。彼らは、愛想のいい顔に、ねちっこい目つきをしていて、独特の匂いを放っていた。

「すばらしいわ」婦人は言った。「膝を見てごらんなさい」

事態はますます悪化し、スティーブンはもはやさきほどのように微笑んではいなかった。右膝は神経質そうに貧乏ゆすりを始め、金属製の書き物机の底にぶつかり、ドン、ドンと太鼓のような音を立てていた。

「さあ、ロゼッラ。加速して、加速するのよ」三つ編みの娘が催促した。「ほら、もっと締めつけてやって」

ロゼッラは奇妙に口元をゆがめ、レバーの動きを抑制する歯止めを見つめた。それから電話機のところへ駆けていった。ダイヤルすると、画面では、すぐにスティーブンが答えるのが見えた。

「来ないつもりなの？　私は一時間も前から待っているのよ」ロゼッラは冷たくなじった。「来るって、何のことだい？」「ダーリン、金曜日でしょ。約束したわよね、五時に会うって。あなた、五時きっかりに迎えに来るって言ったわよ」

彼はもうまったく微笑んではいない。「だめなんだ。問題があってね。今日は無理だ。仕事がいっぱいなんだ」「まったくもう」娘はぐちった。「いつもこうだわ。私が何か望んでも、あなたときたら……もう、こんなのいやよ……いいこと、一時間以内に迎えに来なかったら、私……」「ロゼッラ！」「私、もう二度とあなたとは会わないから」そう言って、電話を切った。

画面の中の男はあえいでいた。もう背筋を伸ばしてはいないし、若さも感じられない。それどころか、畳みかけるような一斉射撃を受けて、体がふらふらしていた。秘書、リヴォルノからの電話、フォクス教授との面会の約束、ロータリークラブでのスピーチ、娘の誕生日プレゼント、ロッテルダムの会議での報告、秘書、電話、タンポマティックの広告、秘書、電話、また電話。いやとは言えない、逃れるわけにはいかない、約束に間に合うように、走り、疾走し、集中し、仕事のペースを上げるのだ。さもないと、あのいまいましい女は、あの人でなしの小娘はきっとおれを捨てるだろう。

ティーラボスキ氏の膝は小刻みに書き物机にぶつかって、鈍い音を立てていた。「へばってる、へばってきてるわ」赤毛の小悪魔が叫んだ。「さあ、ロゼッラ、もうひと息よ」

強烈な悪意を込めて、歯を食いしばりながら、ロゼッラは両手でレバーを握ると、とどめを刺すように、力いっぱい手前に引いた。

それは最後の加速だった。最期の日の狂乱だった。彼は、もうスティーブンではなかった。もがき、わめき、ぜいぜい息をし、骨を取り去ったような激しい動きであちこち飛び跳ねている、気ちがいじみた操り人形だった。いまや恐ろしい破壊力が彼をとらえていた。力を込めてレバーを引くロゼッラの顔は真っ赤だった。

「ねえ、梗塞（こうそく）の発作はまだなの？」婦人は咎（とが）めるように言った。「あいつはしぶといわねえ」

「ああ、来るわ、来るわ」赤毛の娘が叫んだ。

ついに愛らしいロゼッラの筋肉が痙攣を起こしたその瞬間、スティーブンは癲癇の発作に見舞われた。ふたたび受話器を取ろうとしていた彼の体が、とつぜん、バッタのように、少なくとも数メートルは空中に跳びはねた。宙で、風にあおられた紙の旗のように、頭が左右にバタバタ揺れていた。それから床に落ち、うつぶせに伸びて、息絶えた。

「おみごとだったわね」女主人が称賛した。そして考えを変えたように、私の目を見つめて言った。「この人はどうかしら？　ちょっとお試しになる？」

「それがいいわ、それが」赤毛の娘が勧めた。

「いや、ご勘弁を」私は言った。「私は仕事でここに来たのです」

恐るべき女は私をじっと見据えた。それから言った。「どうぞ、どうぞ。取材に出かけてちょうだい。頃合い見計らって捕まえてあげるから……少し歩きまわるのも悪くないでしょうよ」

五　孤独　*Le solitudini*

私が住まいとしてあてがわれた地獄の家は、なんと奇妙だったことか。正面から眺めると、そこにはすてきな光景が広がっていた。クリスマス・イブには、雪がはらはらと降り注いでいた。光、小さな蠟燭（ろうそく）、人々の往来、すばらしいソーセージ、キラキラした飾り。もちろん、離れたところからは、人々の顔が陽気なのかそうでないのかはわからない。だが、その動きや興奮し熱狂しているようすを見るかぎりは、そのようだ。窓辺では、みずみずしくさわやかな五月の白い陽射しを浴びてまどろんでいた猫が伸びをしていた。時刻は朝の十時半。証券取引場の荘厳でぴかぴかのロビーで株の売買人たちが一服するのにちょうどいい時間だ。斜めに射し込んだ光の中を、フィルター付きのマールボロやペールの青い煙が渦を巻きながら立ち昇る。そして、あの十月の黄昏（たそがれ）を見たら、あなた方はどう思うだろう？　青く深い空。沈みゆく太陽が大きな窓や真新しいアルミニウムの尖塔（せんとう）を照らす。大学の新学期は、これから始まる冒険のわくわくした感覚を与える。すてきな毛皮のコートに身を包み、すでに木々が葉を落とした庭園で、太陽を背にして彼を待つ彼女。あるいは、港の路地にある店の看板をきしませ、意地悪なさざ波を立てる風にすっかり洗われたプルシアングリーンの夜明け。船のくぐもった号笛の音が鳴り響き、影が揺れ動き、公園の木々がうめき声をあげ、「さあ、働こう」という気持ちが呼び覚まされる。少なくとも遠くからは、そんなふうに見える。

そんなふうに。だが、家には別の側も存在する。つまり、内側だ。奥底、はらわた、人々の秘密が隠されている場所だ。そこには、クリスマスも、五月の陽射しも、ガラスのように澄みきった夜明けもない。あるのは、午後の二時半か二時四十五分には沈み込む中庭の、石膏に似た灰色でのっぺりとした光だけ。そう、ひょっとしたらそれは、無気力で物憂げで不吉な日曜日の、疲れたような十四時四十五分かもしれない。

この真下の、左側の壁には、かろうじて光が射し込む引っ込んだ場所があって、そこには、謎を秘めた窓が並んでいる。見られていないと思っている人間たちが潜んでいる場所だ。外では、通りでは、活気にあふれ、人や車が行きかい、金や力や欲望が渦巻き、激烈な戦いがくり広げられている。どこにでもあるようなこの集合住宅の中庭には、私たちの、あなた方の、寒々とした孤独が隠されているのだ。

九階の窓は、私のいるほうに向いている。一種の衣装部屋で、中に子どもがひとりでいる。六歳くらいだろうか。醜い子で、床に座っている。きれいな服を着て、床にちらばった玩具やドナルドダックのぬいぐるみや人形の真ん中でじっと動かない。父親は働きに出ていて、母親は向こうの部屋で誰かといっしょにいる。いま、ひどく重々しいしぐさでおもむろに立ち上がり、扉のほうにむかって歩いていく。その背中は、少なくとも五十八歳には見える。まるで老人のようだ。ノブを握ってまわし、押してみるが、扉は開かない。外から鍵がかかっているのだ。「ママ、ママ」と叫んでみる。だが、それもたった二回だけ。重苦しいようすで部屋の真ん中にもどる。ここからはよく見えないが、人形を持ち上げる。だが、気が向かなさそうに床に落とす。子ども特有の容易さで、ふたたび足を広げて座る。窓のほうには目を向けようともしない。無駄だとわかっているからだ。かわりに、こちらからは見えない、部屋の隅にあるものをじっと見つめている。「ああ！　ああ！」という感じの、うれしそうな鋭い声が聞こえてくるが、やがてふたたび静寂が訪れる。リノリウムの床の上で、まるでそこにない何かをつかもうとするかのように、小さな二つの手が閉じたり、開いたりしている。ぐすん、ぐすんとしゃくり上げながら。

八階。広いオフィスがあって、家具や電気製品が置かれている。男がひとり、事務机に座っている。手書きの報告書に手を加えるために、ペンを握っている。けれどもペンは動かない。年は四十五といったところ。口髭(くちひげ)をたくわえ、メガネをかけている。金持ちで、いつも人に命令している人間だ。秘書の椅子(いす)は空っぽ。仲介業者、組合の代表、代表取締役、アメリカから来た代理人、銀行家、全権大使といった人々は帰っていった。日が暮れてきた。勤務時間が過ぎ、誰ももう彼を必要としていない。五つの黒い電話機は疲れたように押し黙っている。男は物欲しげな目でそれらを見つめている。言い表しようのない心の中の渇き。彼が手にしている、強大で、堅固で、人がうらやむようなものだけでは十分ではないからだ。求めているのは、自由か、狂気か、若さか、愛か。日が暮れてゆき、夜の帳が降りた。重要な地位にあり、権威に満ち、人から恐れられている男は、黒電話をひとつひとつ手に取って、膝に乗せ、まるで気まぐれなトラ猫でもかわいがるように、そっとなでている。鳴れ、鳴り響け、呼べ、私を煩わせてくれ、数多の戦いを共に戦った忠実な友たちよ。注文や数字や為替手形のことではなく、一度くらい、どうでもいい無駄話を私にしてくれ。けれども、五匹の猫たちはまったく動こうとしない。頑なに内にこもり、沈黙している。気難しい手に触れられても、応える者はいない。外の世界では、広大な王国では、四つの壁の向こう側では、もちろん誰もが彼を、彼の名前を知っている。だが、恐ろしい夜が訪れるとき、彼をさがす者はいない。女も、物乞いも、犬も、彼など必要としていないのだ。

七階。十字架から降ろされた小さなキリストの脚のように、投げ出され、動かない二つの素足だけがかろうじて見える。親戚たちがそれぞれの場所へと帰ってしまい、近所の女たち、友人、教区司祭のドン・ジェルヴァゾーニ、小学校の校長と女の先生、保険医、警察署の署長、花屋、暗い顔をした企業主、クラスメートの一団が出ていき、家には人気がなくなった。

十分前までは涙を流し、むせび泣き、憐(あわ)れんでいた人々が、いまや快活に歩きまわり、おしゃべりし、笑い、タバコを吸い、生クリーム入りのカンノンチーノ〔クリームなどを詰めた筒形の焼き菓子〕を食べている。そうして静けさがもどったいま、女は、亡くなったわが子の顔を洗いはじめた。きれいな姿であの世に旅立てるように。その子を殺したのは一台のトラックだった。溺死(できし)させたのはボートだった。電車が、ダムが、子どもの命を奪ったのだった。その悲惨な出来事は大きな衝撃を与えた。ラジオや新聞もそれを伝えた。だが、すでに二十四時間が過ぎていた。少なからぬ時間が。きっと柔らかいおむつが、温かい水が、タルカムパウダーが、愛が必要だ。口出ししたり、邪魔したりする者はいはしまい。人々は彼女のことなど気にかけてはいない。時折、母親の声がここまで聞こえてくる。それは、嗚咽(おえつ)や悲痛な叫び声ではなく、母親たちが日々子どもに語りかけるときのような、穏やかな言葉だった。ただし、これが最後だった。

「まあ、坊や、なんて姿なの。まるで大きな子豚よ。ほら、耳が真っ黒だし、首だって……ママがいなかったら、どんな姿で学校に行くことやら。でも、きょうはどうしたの？おとなしくて、だだをこねないし、大声も上げないし。きょうは、本当にいい子ね……」やがて、ドスンという音がして、長い尻尾のある怪物の形をした大きな静寂が訪れた。

その下の六階でも、何かをきれいにしている者がいる。タイルの上にひざまずいて、ぞうきんで細長い染みをこすっている。上からだと体全体は見えず、円を描くように一心不乱に床をこすっている両手しか見えない。部屋の中では、トランジスターラジオからスウィング・ジャズが流れている。血の色によく似た細長く黒い染み。このとき、両手が見えなくなり、ぞうきんを床に置いたままにし、彼が窓辺に近づいた。三十前後の若者。がっちりとした体格で、健康そうな、スポーツマンタイプだ。もみあげもある。窓の外を眺め、タバコに火をつけ、微笑(ほほえ)みを浮かべている。これほど落ち着き払った人間がいるだろうか？　何かが起きたはずがない。咎(とが)めを受けるべきところなどない、りっぱな家なのだ。彼はゆっくりとタバコをふかす。急ぐ必要がどこにあろう？　吸い殻を捨て、部屋の中にもどる。小さな燃えさしは、凝った軌道を描きながら、薄暗い陰気な建物の隙間に消えてゆく。それから、また傾いてゆく日の光の中で、ふたたび二つの手が必死にこすりつづける。そして染みは、ますます黒くなり、伸び、広がり、勝ち誇ったように大きくなっていく。ダンス曲やサーフミュージック、彼がそこには決してもどらないだろう遠い国のサンバのかしましい音に乗って。

五階は、私のいる場所からのぞける最後の階で、そこにもひとりの男がいる。今そこにいるというわけではなく、いたのだ。中庭の弱々しい光が、最後の客が出ていった古ぼけたカフェの年老いた給仕のように、消えてゆこうとしている。私はほとんど真上から彼を見下ろしていた。彼は、暗く敵意に満ちた大海原の真ん中で寄る辺もなく浮かぶ遭難者のように、たたずんでいた。私は、少し曲がったその背中を、頭のてっぺんを、短く刈った灰色の髪を眺めていた。まるで、「気を付け」でもしているようにつっ立っている。だが、誰の前で？

私は彼を見ていた。眺めていた。うなじの特徴的な曲がり具合から、とつぜん彼が誰だかわかった！ 古くからの仲間！ 彼だ。どれだけの歳月をともに過ごしてきたことか。考えも、望みも、憤懣も、絶望も分かち合ってきた。疎遠になっていた時があっても、私たちは、特別な親密さで結ばれた友人だった。私は彼のことをずっと大切に思ってきた。いま、彼は鏡の前にいた。背筋を伸ばすと同時に曲げ、胸を張ると同時に打ちひしがれ、主人であると同時にしもべとして。目尻には、あの醜い皺があった。

だが、どうしてじっとしているのか？ 何かあったのか？ 思い出に耽っているのか？ 時折よじれては血を流す、屈辱にまみれた古傷が痛むのか？ 後悔の念に駆られているのか？ 何もかも間違っていたと感じているのか？ それとも、亡くなった友人たちのことを考えているのか？ 彼らを偲んでいるのか？

何を惜しんでいるのか？ いつの間にか終わってしまった青春を？ だが、彼は青春をあざけっていた。青春は、彼に苦悩と憂鬱しか与えなかった。「はっ、はっ」と彼は嘲笑っていた。彼は、人がまっとうに望みえるものはすべて手にしていた。いや、待てよ、そうではない。すべてではなく、いくばくかを。いま考えてみると、何ひとつ手にしていなかった。

このとき、私は窓から身を乗り出して呼んだ。「やあ」と声をかけた。昔からの友人だからだ。彼は振りむきもせず、右手で「行け」というようなしぐさをした。では、もうお別れだ。彼は灰色の服を着こみ、上着の内ポケットには万年筆とボールペンが入っている。いくぶんやつれた首筋。だが、会わねばならなかったのだ。彼は、両手を腰にあて、わざわざ、しゃんと背筋を伸ばそうとしていた。そして微笑んでさえいた。それは私だった。

そのあと、驚いたことに、さらにひとつ下の階の窓が開け放たれた。端のほうまでは見えないが、蛍光灯の明かりがともった大きな部屋は人でいっぱいだった。少なくとも彼らはひとりぼっちではない。そう思えた。

歓迎会が、コンサートが、カクテルパーティーが、講演会が、会議が、政治集会が開かれているのだ。広間はいっぱいだった。だが、人々があとからあとからやって来て、すし詰めになった。

上の階から降りてきた私もいることに気づいた。知っている顔が多かった。何十年も同じ職場で席を並べて働いてきた仕事仲間たちがいた。だが、私たちはお互い、相手が本当はどんな人間か知らないし、けっして知ることはないだろう。同じ建物の住人たちがいた。何十年も毎晩、壁を隔ててほんの五十センチしか離れていないところで眠ってきた。寝息まで聞こえてくる。だが、私たちはお互い、相手が本当はどんな人間か知らないし、けっして知ることはないだろう。かかりつけの医者、食料雑貨店の主人、自動車修理工、キオスクの店員、マンションの管理人、給仕がいた。何十年も毎日顔を合わせ、話をしてきた。それでも私たちは、相手が本当はどんな人間か知らないし、知ることはないだろう。いまや、大勢の人々が押し合いへし合いしていた。うつろな目で見つめ合っていた。そして互いに誰だかわからなくなっていた。

こうして、ピアニストがアッパッショナータを弾きはじめたとき、講演者が「さて」と言ったとき、給仕がマティーニを持ってきたとき、みな、死にかけた魚のように口をパクパクさせた。おそらく、すこしの空気を、憐れみや愛と呼ばれる、あの低劣な代物をほんのわずかでもいいから求めているのだ。だが、誰も自由にはなれない。誰も生まれたときから閉じ込められている鉄の家から、人生という輝かしくも愚かしい箱の中から出ることはできなかった。

六　片付けの日（エントリュンペルング）　*L'Entrümpelung*

地獄の大都市でも、祭りの日が存在し、人々はそれを楽しむ。だが、どんなふうに？　もっとも重要な祭りのひとつは五月半ばにめぐってきて、片付けの日（エントリュンペルング）と呼ばれている。おそらくはドイツ起源の風習で、片付けること、一掃することを意味している。どの家でも、五月十五日には、古いがらくたを歩道に置いたり、放り出したりして処分するのである。そうやって地獄の住人たちは、壊れたもの、使い古したもの、いらなくなったもの、気に入らないもの、うんざりするものから解放されるのだ。まあ、若さと再生と希望の祭りというわけだ。

ある朝、私は、地獄にやってきた日に出会った恐るべき人物、あの悪魔夫人（シニョーラ・ベルゼブブ）にあてがわれた小さなアパートで眠っていた。だが眠っていた私は、家具を動かしたり引きずったりする物音や足音や騒がしさに目が覚めた。半時間ほどは我慢していた。時計を見ると、七時十五分前だった。ガウンを羽織って、様子を見に外に出た。声が飛び交い、呼び声が聞こえ、大きな建物全体がすでに目覚めているという感じだった。

ひとつ上の階まで階段を上ってみると、大騒ぎの源はそこだった。廊下に小柄な老婦人が立っていた。彼女もガウンを羽織っていた。だが、こぎれいな身なりで、髪はきちんととかしてあり、年は七十くらいだった。

「何ごとですか？」

彼女は微笑(ほほえ)んだ。

「ご存じないのですか？　三日後が片付け(エントリュンペルング)の日なんです。春の大きなお祭りです」

「どういうお祭りですか？」

「掃除のお祭りです。もう役に立たないものを全部、外に出すのです。道に放り出すのです。家具や本、紙、がらくた、瀬戸物なんかをどっさりと。あとで、市のトラックが来て、運び去るのです」

彼女はたえず穏やかな微笑みを浮かべていた。感じのいい人で、皺(しわ)だらけだったが、愛嬌(あいきょう)さえあった。彼女は笑いながら言った。

「年寄り連中を見ましたか？」

「どちらの？」

「みなですよ。ここ数日間、年寄りたちは驚くほど親切で、我慢強くて、よく気がきくのです。なぜだかわかりますか？」

私は黙っていた。

「片付けの日には、家族は不要なものを処分する権利、いや義務があるのです。だから、年寄りは、ゴミや古い金物といっしょに外に放り出されるんですのよ」

私は唖然として彼女の顔を見た。

「ですが、奥さん……あなたはご心配ではないのですか？」

「おやまあ！」彼女は大きな声を上げて、笑った。「私が心配するですって？　何を心配するのです？　ゴミといっしょに放り出されることをですか？　これは愉快だわ！」

彼女は若者のように屈託なく笑った。そしてカリーネンという表札のある家の扉を開けた。

「フェードラ！　ジャンニ！　ここに来てちょうだい」彼女は呼んだ。

薄暗い控えの間から男女が出てきた。ジャンニとフェードラだ。

「こちらはブッツァーティさん」彼女は紹介した。「甥っ子のジャンニ・カリーネンと嫁のフェードラです」そして、一息ついてから続けた。「聞いてちょうだい、ジャンニ！　本当にけっさくな話なの。この方が、私にどんなことをおっしゃったかわかる？」

ジャンニは彼女のほうをそっと見た。

「片付けの日が心配じゃないかっておっしゃるのよ！　心配じゃないかって。私が……私が……ねえ、けっさくじゃない？」

ジャンニとフェードラは微笑んでいた。老婦人をいつくしむように見ていた。そして笑い出した。あまりに馬鹿げた考えに、ゲラゲラ腹を抱えて笑った。ぼくたちが、このジャンニとフェードラが、大切なトゥッシおばさんを厄介払いするなんて！

　五月十四日から十五日にかけての夜中に、凄まじい騒音が聞こえてきた。トラックがうなる音、物が落ちる音、ぶつかる音、きしむ音。朝になって外に出てみると、まるでバリケードが張られているかのようだった。どの家の前にも、歩道の上に、ありとあらゆるゴミの山があった。蝶番が外れた家具、錆びついた自動湯沸かし器、ストーブ、ハンガー、古新聞や雑誌、穴のあいた毛皮のコート。日々の波が浜辺に打ち上げたゴミだった。流行遅れの照明器具、古いスキー板、縁の欠けた器、空の鳥かご、誰も読まなかった本、色あせた国旗、尿瓶、腐ったジャガイモの袋、おがくずの袋、忘れられた詩の袋！

　私の目の前には、タンス、椅子、底の抜けた戸棚、分厚い書類のファイル、大昔の自転車、みっともない古着、腐った物、死んだ猫、壊れた便器、家の中で長く使われつづけた物の何とも形容しがたい残骸、家財道具、下着、ぼろぼろになるまで使い古された密かなる恥が山積みにされていた。私は上を見上げた。くすんだ窓が無数に並んだ、巨大で陰気な集合住宅が光をさえぎってそびえていた。それから、ひとつの袋に気がついた。それは内側から弱々しく、くねくねと、ひとりでに動いていた。そして、「ああ、ああ！」という声が聞こえてきた。低く、しわがれた、観念したような声だった。

私はぎょっとして、まわりを見まわした。

近くに、食料品を詰め込んだ大きな買い物袋をさげた女性がいて、私に気づいた。

「何だとお思いですか？　連中のひとりです。年寄りですよ。そのときが来たんでしょうね」

生意気そうに前髪を垂らした少年が近づいて、袋を蹴った。悲しげな泣き声が返ってきた。

食料雑貨店から、女主人が、水のはいったバケツをかかえて、にやにや顔で出てきて、うーうーうなっている袋に近づいた。

「明け方から、うるさくてしかたがないわ。おまえはもう人生を楽しんだろう？　まだ何か欲しいのかい？　なら、これでも食らいな！」

こう言いながら、バケツの水を袋に閉じ込められた男の上にぶちまけた。年老いて疲れ果てた男は、人並みの生産性を上げることができなくなっていた。走ったり、壊したり、憎んだり、セックスしたりする力も失せていた。だから除去されるのだ。まもなく市当局の係員がやってきて、彼を下水道に投げ込むだろう。

そのとき、誰かに肩を触られた。彼女だった。悪魔夫人（マダム・ベルゼブブ）、アマゾン族の女王、呪わしき美女だ。

「こんにちは、ブッツァーティさん、ちょっとうちに見に来ない？」

彼女は私の手首をつかむと、引っ張っていった。地獄に着いた最初の日に通ったガラスの扉、あの日に乗ったエレベーター、あの日に訪れたオフィス兼実験室。そしてあの邪(よこしま)な娘たちに、映像を映し出しているスクリーン。そこでは、周囲何キロ四方にわたってひしめくように暮らしている何百万人もの人々の家の中を映し出すことができるのだ。

たとえば、このスクリーンには、とある寝室が映っている。ベッドの上には、胸までギプスで覆われた、七十過ぎのでっぷりと太った女性が寝ていて、とても上品な感じの中年の女性と話をしている。

「病院に入れてください、奥さま。養老院に送ってください。ここでは私はみなさまの重荷になるだけです。もう何もできません。何のお役にも立てません」

「馬鹿なことを言わないでちょうだい、ばあや(タータ)」婦人が言った。「きょう、お医者さまがいらっしゃるから、それから決めましょう……」

画面を見ながら、女悪魔が私に説明した。

「彼女は母親の乳母だった。娘たちの子守りをつとめ、いまでは娘の子どもたちを育てているの。五十年間同じ家に仕えてきて、大腿骨(だいたいこつ)を骨折した。さて、どうなるか見ててごらん」

　スクリーンの光景は続いた。ガヤガヤと騒がしい声が近づいてくる。五人の子どもたちと、彼らの若い母親二人が大喜びで部屋に入ってくる。「お医者さまが来た！」彼らは叫んでいる。「お医者さまがばあやを治してくれる！　お医者さまが来た！　お医者さまがばあやを治してくれる！」叫びつづけながら、窓を開け放ち、ベッドを窓のほうに押していく。「ばあやに新鮮な空気を吸わせてあげよう！　ほら、いま、ばあやがひとっ飛びするよ！」三人の女と五人の子どもたちは、老女をベッドの外へ、窓敷居の上に、さらにその向こうに、力いっぱい押し出した。「ばあや、万歳！」と叫んでいた。下で、ドスンという恐ろしい音が響いた。

　悪魔夫人は、すぐに私を次のスクリーンに引っ張っていった。「あれは有名なヴァルター・シュルンプフ。偉大なシュルンプフ家の製鉄工場よ。騎士功労勲章をもらって、職員や労働者たちがお祝いをしているの」工場の広い中庭では、赤い台の上に立って、シュルンプフ翁は、出席者に感謝の言葉を述べていた。感激の涙が頬を伝っている。スピーチが続くなか、紺のダブルの背広を着た二人の高級官吏が彼の背後に近づき、身をかがめた。そして老人の足首のまわりにワイヤーロープを巻きつけると、立ち上がり、いきなり力いっぱいぐいっと引っ張った。「みなさん、私はみなさんを我が子のように思っています。どうかみなさんは私のことを父と思って……」語りつづけていたシュルンプフ氏はばったり倒れて、顔面を台の上にしたたかにぶつけた。空から巨大なクレーンのフックが降りてきて、彼を豚のように逆さ吊りにした。驚きと恐怖のあまり茫然としながら、彼は聞き取れない言葉をつぶやいている。「命令するのもこれまでだ、くそジジイめ！」人々は彼のそばまで行進してきて、手荒な平手打ちをくらわした。二十発も殴られると、眼鏡が吹っ飛び、歯が折れ、意識を失った。クレーンは彼を持ち上げ、運び去った。

三つ目のスクリーン。小さな中産階級の家が映っている。顔に見おぼえがある。そう、あの愛想のいいトゥッシさんと、甥のジャンニ・カリーネンと感じのいい妻のフェードラだ。二人の子どももいる。楽しそうに一家団欒の食卓を囲んで、片付けの日のことを話題にしながら、可哀そうな老人たちを憐れんでいる。とりわけジャンニとフェードラは憤っていた。そのとき、玄関のチャイムが鳴った。白い帽子に白いシャツ姿の二人の屈強な市の作業員だった。「あなたがテレーザ・カリーネンさん、通称トゥッシさんですか？」二人は書類を見せながらたずねた。「そうですが」老婦人は答えた。「何でしょう？」「申しわけありません、奥さん。いっしょに来ていただけますか」「行くって、どこへ？　こんな時間に、いったいなぜ？」トゥッシさんは死人のように真っ青になった。恐ろしい予感に狼狽し、まわりを見た。甥を見つめて哀願した。その妻を見つめて哀願した。だが、夫婦は何も言わない。

「手間を取らせるな」職員のひとりが言った。「ここにちゃんと甥御さんのサインがあるんだ。すべて規則どおりなんだ」

「まさか！」トゥッシさんは叫ぶ。「私の甥がサインするなんて、そんなことをするなんて……そうでしょ、ジャンニ？　何とか言ってちょうだい、ジャンニ。この人たちに、間違いだって、誤解だって、説明してちょうだい」

けれどもジャンニは何も言わず、説明もしない。ジャンニも妻も、口を閉ざしている。子どもたちのほうは、楽しそうなようすで見守っている。

「話して、ジャンニ、お願いだから……何とか言って！」トゥッシさんは後ずさりしながら懇願した。

職員のひとりが飛びかかって、彼女の手首をつかんだ。女の子のように軽くてきゃしゃな手首を。「動くんだ。このババア。楽園暮らしはもう終わりだ！」

彼女が床に崩れると、慣れたようすで、乱暴に手早く、彼女を部屋の外に、家の外に引きずり出した。そして、一段ごとに彼女の体をひどくぶつけ、骨の折れる音を上げながら、階段を降りていった。ジャンニとフェードラと二人の子どもたちは、一センチたりとも動かなかった。ようやく、ジャンニはふぅーっとため息をついた。「やれやれ、片付いた」そうつぶやいて、食事にもどった。「この牛肉の煮込みは美味いじゃないか」

七　ハンドルを握る野獣　*Belva al volante*

おそらく編集長は人選を誤ったのだ。地獄のルポルタージュという任務のために、私のような、気が小さくて、ひ弱で、老いぼれで、しかも未熟な人間を選ぶとは。ほんのちょっとの障害に出くわすだけで、私はすぐに赤面し、口ごもってしまう。胸囲は八十センチにも満たないし、劣等感のかたまりで、顎だって引っ込んでいる。これまでなんとか乗り越えてこられたのは、ひとえに熱意ゆえだ。だから、車を買ってよかった。

だが、熱意は、地獄のような場所ではほとんど頼りにならない。一見したところ、ここでは、何もかもふだんの生活と変わらないように見える。本当にミラノにいるように思えるときもある。同じ通りだってあるし、店の看板や張り紙も、人々の顔も、歩き方も同じで、ほかの点でも変わらない。それでも、町の人と接触を持つと、たとえば、ちょっとものをたずねるとか、タバコを買ったり、コーヒーを注文したりするときに、二言、三言言葉を交わすだけで、すぐに、無関心さやよそよそしさ、重苦しく取りつく島もない冷淡さに気づくのだ。それはまるで、柔らかな羽根布団に触れたときに、その下に、鉄や大理石でできた板があることに気づくようなものだ。そして、この陰鬱(いんうつ)な気分にさせる厚い板は町中に広がっていて、地獄の大都市でこの呪わしい固い物にぶつからないような場所はどこにもない。だから、私なんかより、もっとタフで抜け目のない人間のほうがいいのだ。さいわい、いまの私には車がある。

いくつかの点で、地獄のミラノは本物のミラノとあまりに似通っているので、時々疑問がわいてくる。つまり、違いなど存在しないのではないか、じっさいのところ、同じことなのではないか、ミラノでも——ここで言うミラノとは、私たちの町、つまり私たちがふだん暮らしているミラノの町ということだが——そのミラノでも、布団や覆いをちょっと押してみるだけで、柔らかなペンキをひっかいてみるだけで、固い物を、無関心と冷淡さの厚い板を発見するのではないか、と。

さいわいなことに、私は車を買った。そして状況は好転した。ここ地獄では、車を持っていることには大きな意味があるのだ。

車を引き取りに行ったときに、奇妙なことがあった。引き渡しを待つ車が、だだっ広いホールの中に、幾重にも長い列をなして、ずらりと並んでいた。さて、その車のあいだで、派手な青い作業服を着て忙しく立ち働いている者がいた。誰だかおわかりだろうか？　ロゼッラだ。悪魔夫人の侍女、あの愛らしい小悪魔だ。私たちはすぐにお互いに気づいた。

「ここで、そんな恰好をして、いったい何をしているんです?」

「何って、働いているのよ」

「あのご婦人のところは辞めたの?」

「とんでもない。ここ とあそこで同時に働いているの。つまるところ、同じ会社なのよ」

そう言って、くすりと笑った。手には、大きな注射器のようなものを持っていた。

「で、どんな仕事をしているんです?」

「車の仕上げ作業よ」彼女は答えた。「なかなか面白いわよ。じゃあ、またね」彼女は立ち去るそぶりを見せてから、振り向いて大きな声で言った。「あなたの車を見たわ。すてきな車ね。おめでとう。あの車には特別な仕上げをしておいたから」

そのとき、担当部署の責任者が、車を引き渡すために私を呼んだ。それは黒い車だった。車の中は、真新しい塗料のいい匂いが、まるで若さそのもののような匂いがしていた。だが、この巨大な自動車工場で、ロゼッラはいったいどんなよからぬことをしているのか? 私がやってきたときにここにいたのも、偶然だろうか? それに、「特別な仕上げ」とはどういう意味だろう? もちろん運転席に座るや、私は気分がリフレッシュしたように感じた。

だが、本当の変化が始まったのは数時間後のことだった。何やら、ハンドルから力強いエネルギーのようなものが流れ出し、腕を伝って上っていき、体中に広がるような感じがしたのだ。〈ブル３７０〉は、たしかにすばらしい車だった。と言っても、高級車でも、車高が高い車でもなく、プレーボーイが乗るような車でもない。２シーターだが、スポーツカーではない。堂々として、尊大な感じがする車だった。ハンドルを握るや、私は別人になった。〈ブル３７０〉に乗ると、私は若返り、力強くなった。そのうえ、いつも顔のことで悩んでいたのに、ハンサムになった。リラックスして、活力にあふれ、いくぶんあか抜けた表情になった。女たちは私をうっとりと眺め、好意を抱くにちがいない。スピードを緩め、車を止めたら、美しい娘たちが飛びかかって来るだろう。彼女たちのキスの雨から身を守るのは一苦労だろう。

　私の顔は、正面からの見栄えがよくなった。斜めから見ると、さらにいい。だが、一番見栄えがいいのは横顔だった。男らしいと同時に貴族的、まるでローマ帝国の地方総督のような横顔だった。ボクシングのチャンピオンのような横顔だった。私の鼻はまっすぐだが、薄くて、ぱっとしない鼻だった。それがいままでは、鷲鼻(わしばな)気味であると同時に獅子鼻(ししばな)だった。めったにない鼻だ。古典的な意味で美しいと言えるかどうかはわからない。けれども、バックミラーに映った顔を見た私は非常に気に入った。〈ブル〉に乗り込み、車を走らせているときの自信はとりわけすばらしかった。昨日までの私はじつに取るに足らない存在だった。それがいまや、重要人物になった気がした。ひときわ偉い人間、いや、この大都市全体を見渡しても自分に肩を並べる者などいない、どんな言葉でも言い表せないくらい偉い、超重要人物に思えた。

自信、申し分のない体調、みなぎる荒々しいエネルギー、運動選手のようなアグレッシブな気持ち。私の胸の筋肉は大聖堂(ドゥオーモ)の扉のようだった。私は自分の存在を知らしめたかった。喧嘩(けんか)をふっかけたかった。考えてみてほしい、人前で議論することを考えただけでも気絶してしまいそうな私がだ。私はギアをローに入れ、それからセカンドにつなぐ。気分はもう最高潮。マフラーが振動し、熱くなる。私の八十馬力は、通りを駆け抜け、疾走する。馬の蹄(ひづめ)が力強く鳴り響く。八十頭、九十頭、百二十頭、六十万頭のサラブレッドだ。

少し前に、右からやってくる車があった。私はブレーキをかけた。そいつは私の顔を見て、自分もブレーキをかけ、私に先に行くように合図した。すると私はかっとなった。おいチンピラ、このイモ野郎が、と叫んだ。先に行くのはおまえのほうだろう。いったい何の真似だ? そして私は車を降りようとしていた。逃げ去ったのは、彼にとって賢明だった。

それから、あのトラックの運転手。信号機のところで私は左に曲がろうとしていた。私は交差点の真ん中で止まって、トラックの進行を妨げていた。男は窓から顔を出した。むくつけき大男だった。ゴリラのような腕で自分の車のドアをバンバンたたき始めて、怒鳴った。

「どくんだ、のろま！」方言丸出しで言ったので、人々はゲラゲラ笑い出した。このとき、私は車を降りて、トラックに歩み寄った。あたりが水を打ったように静まり返るのを感じた（このとき、私はどんな顔をしていたのだろう？）。「おい」私はおもむろにゴリラ男に呼びかけた。「おれに何か言いたいことがあるのか？　何か気に食わないことでもあるのか？」

「いや、すみません。ほんの冗談のつもりで言ったんでさあ」

　この地獄では、車のハンドルには特殊な塗料が塗られているのだと聞いた。そしてその塗料は、ジキル博士の暗い本能を解き放った例の薬と同じような、一種の麻薬なのだという。おそらく、穏やかでおとなしい人々が、車のハンドルを握ったとたん、野獣のようにならず者に変わり、口汚い言葉でののしるようになるのは、そのせいなのだ。その結果、譲り合いの心は消えうせ、自分が獰猛（どうもう）なオオカミになったように感じ、優先通行権のようなどうでもいいことにとことんこだわり、短気や暴力や不寛容が幅を利かせるのだ。おまけに、私の車は特別な細工を施されたにちがいない。あの愛らしいロゼッタが、例の「特別な仕上げ」とやらで、おそらくたっぷり薬を仕込んだのだ。

　だから、〈ブル３７０〉を運転すると、自分が野獣かスーパーマンにでもなったように感じ、満足した気分を味わうのだ。獣じみたエネルギーの充満、傍若無人にふるまいたいという思い、自分を主張したい、恐れられ、一目置かれたいという願望、人を侮辱し、相手を貶める下劣な言葉を投げつけて人を辱める喜び。それらは、かつての私が何より嫌っていたことだった。

それだけではない。この内面の凶暴さは、顔や表情や動作にも反映されているにちがいない。私は前よりハンサムになったと思っている。それでも、車の運転中に私が怒りを爆発させたとき、居合わせた人々の目に嫌悪と恐怖の念が浮かんでいるのに気づく。ハイド氏がそうだったように。私の中で勝ち誇っているのは悪魔なのだろうか？

夜になり、家の中でひとりっきりで昼間のことを思い返すと、私は恐ろしくなる。やはり、私の中に、私の血の中に地獄が入り込んで、悪をなすことを、人に屈辱感を与えることを楽しんでいるのだ。隣人を打ち負かして喜んでいるのだ。相手を鞭で打ちすえ、叩きのめし、八つ裂きにし、殺してやりたいと思うことだって少なくない。喧嘩をふっかけ、憎悪と暴力をぶちまけることができる事故を期待して、強力な車を運転し、当てどもなく何時間も町を走りまわる日だってあるのだ。

さて、あの馬鹿は、私が近づいてくることに気づかなかったのか？　バックミラーがついてないのか？　どうしてウインカーを点灯させなかったのか？　中排気量の車が駐車場から不意に出てきて、私の前を横切ろうとしたので、私は車をぶつけてやった。右側のすばらしいヘッドライトが、おしゃかになった。

「馬鹿野郎！」私は車から飛び出しながら叫んだ。「見ろ、なんてことをしてくれたんだ。いったい、どこに目つけてんだ！」

相手は、四十五歳くらいの男性だった。ブロンドのかわいい娘を連れていた。

男性は笑って、車の窓から顔を出した。

「そのう、何と言いますやら」

「何だと？」

「お怒りになるのもごもっともです」

「おい、気の利いたジョークのつもりか？」

彼も車を降りた。相手が私の顔つきに震えあがっているのを見て、私は野卑（やひ）な喜びを感じた。

「本当に申しわけありません」男は名刺を差し出しながら言った。「さいわい、保険に入っていますので」

「それで片がつくとでもお思いで？　それで片がつくとでもお思いで？　それで片がつくとでもお思いで？」私は、人差し指と中指をくっつけると、その指で相手の鼻を意地悪くポンポンとたたいた。

「トニーノ、逃げて！」娘が車から叫んだ。

五回たたかれると、男は反発し、私を押し返した。といっても、ごくやんわりとだが。

「ほう！」私は声を荒らげた。「こんどは暴力か？　拳に物を言わせようっていうのか？」

彼の腕をつかむと、背中の後ろに力いっぱいねじ上げ、下を向かせた。

「卑怯者」彼が叫んだ。「助けてくれ！　助けてくれ！」

「さあ悪党め、おれの車に作ったへこみにキスするんだ。犬みたいに舌で舐めるんだ。そうして、世間の渡り方を学ぶがいい」

その場に居合わせた人々は唖然としていた。私に何が起きているのだろう？　なぜ、これほどまでにこの男が憎いのか？　どうして、この男が叩きのめされるのを見たいのだ？　どうして、極悪非道なことをして喜びを感じるのか？　いったい誰が私に魔法をかけたのか？

私は、悪意と卑劣さと孤独そのものだった。そして、むかつくほどに幸せを感じていた。

八　庭　*Il giardino*

地獄においても、なにもかもが地獄めいているわけではない。

悪魔夫人（ミセス・ベルゼブブ）のオフィスのスクリーンをとおして、私は、建物がごちゃごちゃと林立する大都会の真っただ中に残る庭を目にした。高い塀にかこまれ、芝生と木立と花壇と小さな噴水のある、正真正銘の庭だ。春がたける頃には、緑がにぎわい、じつに美しかった。さながら、平和、安らぎ、希望、健康、かぐわしい香りと静寂からなる、驚くべき小島だった。

さらにもっと不思議なことがあった。この大都市のほかの場所は、都会特有のしなびたような弱々しい陽射しによって力なく照らされているというのに、その庭だけは、山岳地帯の陽光のような、清らかな光で照らされているのだ。まるで、その庭と太陽を直接結びつける目に見えないパイプがあって、町のその小さな一角を、周囲の汚れた空気と悪臭から守っているかのようだった。

庭の一方の側には、古風で気品のある外観の、二階建ての家が建っていた。二階の開け放たれた窓越しに、裕福で威厳があって落ち着いた家に見られるような、家具の置かれた、広くて古びた感じの客間が垣間見えていた。部屋の隅には、もちろんグランドピアノがあった。そのピアノに向かって、白髪で穏やかな表情の、年は六十五くらいの婦人が座って、シューベルトの即興曲をなかなか上手に弾いていた。ピアノの音は庭の静寂をまったく損なってはいなかった。なぜなら、心の平和を保つために作られた曲だからだ。時刻は午後の二時四十五分。太陽は生を謳歌（おうか）しているように見えた。

庭のもう一方の側には、庭師を兼ねた門番が暮らす、上品でひなびた風情の小屋が建っていた。その小さな家の扉が開いて三歳の女の子が出てきて、歌詞は聞き取れないが、お気に入りの童謡を口ずさみながら、芝生の上を跳びまわりはじめた。女の子は、芝生を横切ると、植込みの陰にしゃがみこんだ。するとすぐに、仲よしの野ウサギの子が現れた。そこに巣穴があるのだ。女の子は子ウサギを抱きかかえると、日向に連れていった。何もかもが心地よく、幸せに満ちて、完璧だった。さながら十九世紀ドイツのちょっときどった絵画のようだった。

私は、いっしょにスクリーンに映し出された光景を眺めていた悪魔夫人（シニョーラ・ベルゼブブ）のほうを振り返って、言った。「どういうことでしょう？　これが地獄だというのですか？」

部屋の隅から、侍女たちのささやく声が聞こえた。そして、アマゾン族の女王は答えた。

「いいこと、最初に天国がなければ、地獄も存在しないでしょうよ」

こう言うと、上品な老婦人の客間にクローズアップした別のスクリーンを見るようにうながした。彼女はピアノを弾くのをやめていた。訪問客が入ってきたからだ。四十歳前後の眼鏡をかけた男性で、ある計画を彼女に説明していた。だが、夫人は微笑み(ほほえ)ながら首を振っていた。「いいえ、庭は絶対に売りません。そんなことをするなら、死んだほうがましです。さいわい、少しばかりの年金で十分暮らしていけますから」

相手は、大層な金額を口にしながら、執拗(しつよう)に食い下がった。いまにもひざまずかんばかりに見えた。だが婦人は、いやです、と答えた。いやです、死んだほうがましです、と。

すると、女統治者は三つ目のスクリーンに私を引っ張っていった。奇跡のような庭を映しつづけている画面の前を通り過ぎるとき、大きなレタスの葉をかじっているウサギと、そのかたわらで母親のように優しく見守っている女の子の姿が垣間見えた。

三つ目のスクリーンには、ひどく厳粛な雰囲気の部屋で開かれている、これまた厳粛な会議の様子が映し出されていた。市議会だった。議員たちは、公園や庭園の監督官を務めるマッシンカ評議員の話に耳を傾けていた。評議員は、緑や草地や樹木の価値を、汚れた都市における緑地の大切さを説いていた。説得力のある歯切れのよい論法で熱弁をふるっていた。

演説が終わると、出席者たちの熱烈な支持を得た。そうこうするうちに日が暮れた。

ふたたび上品な婦人の家の客間に引きもどされた。先ほどの者にくらべて風体のよからぬ新しい訪問客が入ってきた。書類鞄から、自治体当局、知事、監督機関、複数の省庁の印が押された書類を取り出し、その地域にどうしても必要なバスの車庫を建設するために庭の一部が収用されたことを伝えた。

婦人は抗議し、憤り、しまいには泣き出した。だが訪問者は、ピアノの上に憎々しげな印が押された書類を置いて出ていった。そして彼が出て行ったのと同時に、外で大きな物音がした。機械仕掛けの犀を思わせる重機が庭を囲う塀を突き破ったのだ。そして鎌や、やっとこや、歯や、憎しみや破壊の形をした腕で、建設予定地に指定された細長い土地にある木々や植え込みや花壇に襲いかかり、ものの数分ですべてを泥と土のぬかるみに変えてしまった。まさにそこにウサギの巣穴があったのだが、女の子が間一髪でウサギを救い出した。私の背後では、暗がりの中で小悪魔たちがくすくす笑っていた。

市議会の場面にもどった。二か月が経ったばかりだった。マッシンカ教授は、最後に残された緑のオアシスが破壊されたことに対して猛烈な抗議を行っていた。そして演説が終わったとき、人々は総立ちになって拍手を送った。教授は熱狂的な支持を得たのだった。拍手がまだ鳴りやまないさなか、われらの婦人の客間に使者がやってきて、恐るべき印でいっぱいの書類を突きつけた。町の中心部の過剰な渋滞を緩和するために、都市計画上の必要性からどうしても新しい幹線道路を建設しなければならなくなった。ついては、ふたたび庭の一部が収用されることになったというのである。婦人の嗚咽は、たちまち、野蛮な破壊行為に飢えたブルドーザーのけたたましい騒音にかき消された。選挙目当ての政策の臭いがぷんぷん立ち込めていた。びっくりして目を覚ました女の子が大急ぎで駆けつけ、押しつぶされようとしていた新しい巣穴から子ウサギを間一髪で救い出せたのは奇跡だった。

こうして、囲いの壁はさらに家の近くに再建された。庭はいまや、わずかに木が三本残る、猫の額ほどの芝地になり果てていた。それでも太陽はまだ、晴れた日には、つつましく庭を照らしていたし、女の子も走りまわっていた。けれども、走れるのはほんの短い距離だった。二、三回も跳びはねると、いつも回れ右をしなければいけなかった。さもないと、壁にぶつかってしまうから。

市議会を映し出しているスクリーンからは、ふたたび、公園および庭園担当の評議員である、あの誉れ高きマッシンカ教授の罵声がとどろいていた。彼は、町に残されたごくわずかな緑地の救出は死活問題だということを出席者全員に納得させることに成功した。同じ頃、人間の顔をした狐が、婦人の客間に腰を降ろして、三度目の収用が計画されていること、彼女にとって唯一残された解決法は、残った庭を、できるだけ早く自由市場で売却することだと説得していた。むごい話に、婦人の血の気の失せた頬を涙が静かに伝った。だが相手はどんどん数字を吊り上げていった。一平方あたり百万です。一平方あたり三千万では？　一平方あたり六十億ではどうです？　こう言いながら、サインが必要な書類とそのためのボールペンを突き出した。外で、庭を引き裂き、押しつぶす大破壊が始まったとき、婦人の震える手は、貴族風の姓の最後の一文字をまだ書き終えていなかった。

悪魔夫人(シニョーラ・ベルゼブブ)とその侍女たちは、いまや私のまわりに集まって、事の成り行きにうれしそうに微笑んでいた。九月の穏やかな日だった。庭はもう存在していなかった。庭があった場所には、不吉な穴が、狭くてむき出しの灰色の縦穴があった。その穴の底では、身をよじるようにして、何台かのミニバンが出入りしていた。このさき何世紀にもわたって、そこに日の光が差し込むことはけっしてないだろう。静寂も、生きる喜びも、二度ともどってはこないだろう。忌まわしい中庭からは、ハンカチほどの空さえ見上げることができないだろう。技術の進歩とオートメーションの勝利がもたらしたたくさんのコードやケーブルが、穴の端から端まで、からみ合うように伸びていたからだ。ついに、座っている女の子を見た。膝(ひざ)の上に死んだウサギをのせて泣いていた。だが、すぐあとに、いったいどんな涙ぐましい手を使ったのか、母親はウサギを運び去った。そして、彼女くらいの年ではみなそうだが、女の子はすぐに悲しみを忘れた。いまではもう芝生の上や花々のあいだを駆けたりしない。だが、拾い集めたセメントとアスファルトのかけらで中庭の隅に建築物のようなものを作った。おそらく、大好きだったウサギの霊廟(れいびょう)なのだろう。むろん、彼女は以前のような愛らしい女の子ではない。笑うと、口元にこわばったような小さな皺ができた。

さてここで、人は私に間違いの訂正を求めるだろう。地獄に子どもが存在するはずはないと。ところが存在するのだ。もちろんいる。おそらくはあらゆるもののなかで最悪なものである、子どもの哀しみと絶望なしに、どうやって非の打ちどころのない地獄がありえよう？それに、本当にあそこが地獄だったのかどうかは、あちらにいた私自身にも十分明らかではない。はたして向こうの世界とこちらの世界は別々の世界なのかどうかも。私が見聞きできたことを考えると、むしろ私は自問する。ひょっとして、地獄はすべてここにあるのではないか、そして私はまだ地獄にいるのではないかと。そして地獄とは、単なる懲罰や凝らしめではなく、私たちの神秘的な運命にすぎないのではないのかと。

訳者あとがき

ブッツァーティ短篇集第二弾となる本書に収められているのは、『六十物語』(*Sessanta racconti*, 1958)と『コロンブレ　ほか五十の物語』(*Il colombre e altri cinquanta racconti*, 1966, 以下『コロンブレ』と略す)の二つの短篇集の中から訳者が自由に選んだ十五篇の作品である。二つの原書のうち『六十物語』は、先行する三つの短篇集『七人の使者』(*I sette messaggeri*, 1942)、『スカラ座の恐怖』(*Paura alla Scala*, 1949)、『バリヴェルナ荘の崩壊』(*Il crollo della Baliverna*, 1954)の中から作者が選んだ作品群に、一九五三年から五六年にかけて「コッリエーレ・デッラ・セーラ」紙などに掲載された未刊の作品群を加えたアンソロジーだが、今回この翻訳集に収録したのは、後者の作品群の中の短篇である。したがって執筆時期から言えば、本書は、中・後期の作品を集めていると言えるだろう。

ブッツァーティの作品世界を眺めると、いくつかの典型的なテーマを生涯にわたって様々ななかった新しいテーマや傾向も見出される。

物語の中で追求しつづけたという印象を受けるが、よく見ると、後期の作品には、それまでになかった新しいテーマや傾向も見出される。

そのひとつが、恋愛、より正確に言えば、愛の妄執をテーマにした作品群であるが、そこには作者の実体験が色濃く反映している。イブ・パナフィウとの対談の中で「真の恋愛は心の病です。人を理性から外れた形で振る舞わせる心の病です」と語っているブッツァーティは、五十を過ぎて、ずっと年下の若い女性への、熱に浮かされたような激しい恋に落ちる。だが彼は、つれない相手に翻弄されるばかりで、結局、その恋は報われることはなかった。当時の彼の様子を友人たちは、「突然泣き出すこともあれば、食べることも眠ることもできず、自尊心をすっかり失い、彼女のあやつり人形になってしまったかのようだった」と語っている。そして、そのときの経験から、若いコールガールへの妄執的な愛のとりことなって憂き身をやつす初老の建築家を主人公にした長篇『ある愛』（一九六三年）が生まれることになる。「自分を救う唯一の手段は書くことだ」そう自覚していた彼は、作品の執筆をとおして精神的な危機を乗り切ることになるのだが、『ある愛』にかぎらず、短篇集『コロンブレ』にも、愛の苦悩、強迫観念としての愛を主題とした短篇がいくつも収められている。

恋愛体験以外にも、彼の人生にとってはかりしれないほど大きな、そしてかけがえのない存在であった母親や、あるいは人生の苦楽を共にした友人や同僚たちとの死別といった実人生に関わる要素が作品に取り上げられるようになるのも後期作品の特徴である。そして、そうした傾向と並行しながら、作者自身が語り手や主人公として作中に登場したり、物語の背後に老いや死の意識が顔をのぞかせたりするようになってゆく。

さらに、初期の作品が山や砂漠や辺境の地などを好んで背景にしていたのに対して、後期作品では、作者が生活していたミラノ（あるいはミラノとおぼしき町）、すなわち都会を舞台にした作品が増えてくる。『ある愛』や本集に収められている「現代の地獄への旅」などがその例であるが、都会は、愛(エロス)や死(タナトス)、欲望や孤独など生の諸相が展開する場としての象徴的な意味合いを帯びている。

では、収録作品について、以下に簡単に紹介しておこう。

「卵」（『コロンブレ』所収）

ブッツァーティには、虐げられた存在が超自然的な力を発揮して虐げる者に対して復讐を遂げる物語が少なくないが、この作品にかぎって言えば、不安や恐怖に傾くというよりは、むしろユーモラスな味わいすらあり、まるでお伽噺のような雰囲気を湛えていて、結末も心温まるものになっている。この世界の不条理や残酷さを鋭くえぐり出し、それを皮肉交じりに語ることの多い作者だが、このお話のように、弱者に対する温かい眼差しが垣間見える時もある。

「甘美な夜」（『コロンブレ』所収）

この作品は、ブッツァーティの郷里であるベッルーノの屋敷で、月が煌々と輝くすばらしい夜に、自然愛好家である義兄（姉アンジェリーナの夫でミラノ大学で教える水生生物学者だったジュゼッペ・ラマッツォッティ）と語らっているときに着想したという。義兄は、一見すると平和そのものに見えるこの瞬間も、自然界では人知れず、生き物たちが凄惨な喰らい合いや殺し合いを展開していることを指摘し、彼が挙げた例を基に、作者はそれを物語の形にしたというのである。

「目には目を」（『六十物語』所収）

ちっぽけで無力な生き物が恐ろしい怪物に変貌して傲慢な人間たちに復讐するという構図は、「巨きくなるハリネズミ」（『魔法にかかった男』）と共通するが、結末の残酷さの点では本作のほうが上を行く。

「十八番ホール」（『コロンブレ』所収）

作者によれば、この作品の着想のきっかけは、あるゴルフ場に来ていたとき、まさに十八番ホールで見かけた瀕死のヒキガエルの姿だという。ブッツァーティの物語世界において〈変身〉のモチーフは、堕落、無能性、疲弊といったネガティブな意味合いと結びつくことが多いが、この作品においても、主人公のメリッツィは、生の疲弊が限界に達したとき、「大きなヒキガエル」に姿を変えてしまう。カフカの『変身』の主人公ザムザのように、彼は人間の世界から逸脱して動物の領域に退行し、死を迎えるのである。このほかにも短篇集『コロンブレ』には、変身のモチーフを扱った作品が目立つ。

「自然の魔力」（『六十物語』所収）

ブッツァーティが好む、破滅的な事態（カタストロフィ）をテーマにした作品のひとつ。地球に落下してきて人類に破滅をもたらす恐るべき月のイメージは、もともと夢に着想を得たという。『絵物語』（東宣出版刊）に収められた「世界の終わり」という作品をはじめとして作者はこのモチーフを絵画作品の中でくり返し取り上げているが、本作はそれを小説化したもの。

「老人狩り」（『コロンブレ』所収）

老人と若者、世代間の対立というテーマは、最晩年の短篇集『むずかしい夜』に収められたいくつかの作品でも取り上げられている。作者の老いの意識とも無関係ではないだろう。また、リンチや集団的な暴力の恐ろしさを描く作品は、短篇「待っていたのは」など他にもいくつか見られる。

「キルケー」（『コロンブレ』所収）

キルケーは、ホメロスの叙事詩『オデュッセイア』に登場する魔女で、自分の島にやってきた男たちを魔法で豚に変えてしまう。小悪魔的な若い娘への愛のとりこになってしまう中年男の姿には、作者の苦い恋愛体験が色濃く映し出されていて、ここでは〈変身〉のモチーフが〈愛の妄執〉のテーマと結びついている。

「難問」（『コロンブレ』所収）
終身刑を言い渡された囚人をなぶり者にする醜悪な群衆たちをまんまと手玉に取って自由を手にする主人公。アイロニーが利いているとともに、人間観察に長けたモラリストとしての作者の顔がのぞく一篇。

「公園での自殺」（『コロンブレ』所収）
これも、〈愛〉のテーマと〈変身〉のモチーフが結びついた作品。ここでは愛ゆえに破滅するのは女のほうだが、やはり作者の苦悩に満ちた恋愛体験が投影されている。物語の舞台はミラノで、ここで言う「公園」とは、スフォルツァ城の裏手に広がるセンピオーネ公園のこと。

「ヴェネツィア・ビエンナーレの夜の戦い」（『六十物語』所収）
画家でもあったブッツァーティらしい、美術をテーマにした作品。真夜中の美術展会場で抽象絵画の中から躍り出た異形の存在たちと一戦を交える老画家プレスティナーリには、具象絵画を好み、抽象絵画に否定的な作者の美術に対する見方が反映している。霊となったプレスティナーリが暮らすのは天国であるが、そこは未来への希望が否定された変化のない世界である点で、「新しい奇妙な友人たち」(『魔法にかかった男』)で描かれる地獄に通じるものがある。

「空き缶娘」(『コロンブレ』所収)

これも、恋愛のテーマをからめた、ひねりのきいた一種の変身譚と言えるかもしれない。原タイトルは、「円筒形の缶や瓶などの容器」を意味する名詞barattoloを女性形に変えたもの。ここでも「公園での自殺」と同様に、愛ゆえに深く傷つくのは女性のほうである。「空き缶」のメタファーとともに、「彼は言った」「彼女は黙っていた」などの短いフレーズの繰り返しが、不毛な恋愛を暗示する空虚な感じを醸し出している。

「庭の瘤」(『コロンブレ』所収)

親しい人々が亡くなるたびに庭に出現する不可解な地面の隆起。いわば魔術的因果関係とでも呼ぶべき現象が語られるが、そこには作者の実人生と幻想が溶け合っている。作中に名前が挙げられている故人は作者の同僚や友人たちだが、なかでも「象ほどに、小さな家ほどに大きな瘤」を出現させた「青春時代のもっとも親しい友人」とは、中学校時代の同級生でのちに高校の古典語の先生になったアルトゥーロ・ブランビッラ（ブッツァーティは「イッラ」の愛称で呼んでいた）で、彼が授業中に教壇で倒れ、帰らぬ人となったのは六三年のこと。少年時代のブッツァーティは、イギリスの挿絵画家アーサー・ラッカムの絵や古代エジプト文化への関心など、共通の趣味を分かつブランビッラと文学や芸術や空想の世界を探求し、二人で競うように詩を作り、絵を描いていたという。イタリアでは、ブッツァーティがブランビッラに宛てた手紙が書簡集として出版されている。ちなみに、物語の内容はまったく異なるが、『絵物語』にも、不可思議な瘤状の地面の隆起を描いた「聖イニャッツィオ広場の奇妙な現象Ⅱ」という絵が収められている。

「神出鬼没」（『コロンブレ』所収）

「現代の地獄への旅」と同じく、ジャーナリストである作者自身を語り手兼主人公として作中に登場させた一篇。ブッツァーティは、舞台を日常的な世界に設定しながら、そこに、「屋根裏部屋」（『魔法にかかった男』）のリンゴや本作における魔術書のようなちょっとした小道具を持ち込むことによって、物語をすっと幻想の時空へと移行させるのが巧みである。

「二人の運転手」（『コロンブレ』所収）

ブッツァーティは六十歳のときに三十以上も年下の女性と結婚するが、独身時代はずっと、やはり独り身だった兄アウグストとともに母といっしょに暮らしていた。ブッツァーティの母アルバは、ヴェネツィアの由緒ある家柄の出身の女性で、夫を早くに亡くし、女手ひとつで四人の子どもを育てた、賢くてしっかり者の女性だった。彼女が亡くなったのは六一年だが、ブッツァーティは母親が生きている間は結婚する必要を感じなかったという。母親への想いは、彼女の死の二年後に「コッリエーレ・デッラ・セーラ」紙の文芸欄に掲載された本作でも率直に語られているが、対談の中でも彼は、「私の母は、私が何かを成し遂げ、ささやかな成功を収めれば、それを心から喜んでくれ、反対に、私が少しでも悲しんでいると、心底胸を痛めるただひとりの人でした」と語っている。とりたてて幻想色の強い作品ではないが、人生の普遍的な真実を語った感動的な一篇であろう。

「現代の地獄への旅」（『コロンブレ』所収）

八章からなる中篇とも言える長さの作品で、ミラノの地下鉄の工事現場で見つかった扉を通って、ジャーナリストであるブッツァーティが地獄の世界を訪問し、そこで見聞し、体験したことを語るという内容のお話。「私は無神論者」であり、「彼岸の存在を信じない」というブッツァーティだが、作品の中では好んで何度も地獄や天国を登場させている。この作品で描かれる「地獄」は、ダンテの『神曲』で描かれるような異界でも、罪とそれに対応した罰によって階層化された空間でもなく、一見すると、現実のミラノとなんら変わらないような町である。

だが一皮むけばそこは、現代社会が抱える負の側面——それは典型的には都市生活の中でより際立つ——が増幅され、先鋭化され、孤独や残酷さが支配している世界である。そして、ダンテの地獄めぐりを先導するのが詩人のウェルギリウスなら、ブッツァーティの地獄の案内役を務めるのは、美しくサディスティックな女悪魔なのである。ちなみに原タイトル中の secolo（世紀）は、この場合は「今世紀」を意味している。つまり「当世の地獄」、「現代の地獄」ということになる。

さて、昨年末に刊行された『魔法にかかった男』は、ありがたいことに、いくつかの書評で取り上げていただき、読者の反応も好意的で、訳者としては少なからぬ手ごたえを感じることができた。続く短篇集第二弾も、あまり間を置かずになるべく早く届けたいと思っていたが、あれやこれやと仕事を抱える中で時間のやりくりに苦労し、計算通りに進まなかった。結局、このあとがきを書いている時点では、刊行はふたたび十二月中になりそうだが、楽しみに待っていてくださった読者の方々へのささやかな〈クリスマスプレゼント〉になれば幸いである。

二〇一八年　秋

長野徹

本作品中には、今日の観点からみると差別的ととられかねない表現が散見しますが、作品自体の持つ文学性および歴史的背景に鑑み、使用しているものです。差別の助長を意図するものではないことをご理解ください。（編集部）

[訳者紹介]
1962年、山口県生まれ。東京大学文学部卒業。同大学院修了。イタリア政府給費留学生としてパドヴァ大学に留学。イタリア文学研究者・翻訳家。児童文学、幻想文学、民話などに関心を寄せる。訳書に、ストラパローラ『愉しき夜』、ブッツァーティ『古森の秘密』『絵物語』、ピウミーニ『逃げてゆく水平線』『ケンタウロスのポロス』、ピッツォルノ『ポリッセーナの冒険』、ソリナス・ドンギ『ジュリエッタ荘の幽霊』など。

ブッツァーティ短篇集II
現代の地獄への旅

2018年12月13日　第1刷発行

著者
ディーノ・ブッツァーティ

訳者
長野徹（ながのとおる）

発行者
田邉紀美恵

発行所
東宣出版
東京都千代田区九段北1−7−8　郵便番号102−0073
電話（03）3263−0997

ブックデザイン
塙浩孝（ハナワアンドサンズ）

印刷所
亜細亜印刷株式会社

乱丁・落丁本は、小社までご送付ください。
送料小社負担にてお取り替えいたします。

ISBN978-4-88588-095-7　C0097

はじめて出逢う世界のおはなしシリーズ

1935
古森の秘密
ディーノ・ブッツァーティ
長野徹訳

森の新しい所有者になったプローコロ大佐は、木々を伐採し、甥を亡き者にしようと企む……。精霊が息づき生命があふれる神秘の〈古森〉を舞台に、生と魂の変容のドラマを詩情とユーモアを混えた文体でシンボリックに描く。 定価1900円＋税

1948
より大きな希望
イルゼ・アイヒンガー
小林和貴子訳

戦渦に翻弄され〈青一色の世界〉を探しもとめる少女エレンの運命を描いた物語。作家の自伝的要素に、歴史、宗教、伝説、民謡を織りまぜた10の断章が、イメージ豊かな幻想世界を紡ぎだす。 定価2300円＋税

オーストリア編
キオスク
ローベルト・ゼーターラー
酒寄進一訳

戦前のウィーンを舞台に、17歳で田舎から出てきた少年フランツの目を通して時代のうねりを活写した、ノスタルジックな空気感がたまらない青春小説。国際的に注目される現代オーストリア文学の人気作家、初邦訳！ 定価1900円＋税

キューバ編
バイクとユニコーン
ジョシュ
見田悠子訳

部屋に貼られた〈青いハーレーのポスター〉と〈白いユニコーンのタペストリー〉は、いつか一緒になれることを夢見ていた……。相容れない世界に生きながら魅かれ合う二人の姿をファンタジックに描く表題作など、全5篇。 定価1800円＋税

スペイン編
グルブ消息不明
エドゥアルド・メンドサ
柳原孝敦訳

オリンピック開催直前のバルセローナを舞台に、行方不明になった相棒「グルブ」を捜しまわる宇宙人「私」が巻き起こす珍騒動を、分刻みの報告書形式で綴ったSF風小説。笑いのなかに人間の哀歓を描いた秀作。 定価1900円＋税

はじめて出逢う世界のおはなしシリーズ

イタリア編
逃げてゆく水平線
ロベルト・ピウミーニ
長野徹訳

沈黙を競う人びと、ボクシングに飽きたゴング、水平線に体当たりする船……。人間っぽさと社会風刺をユーモアたっぷりの皮肉とともに、イタリアならではの情景で描いた25篇のファンタジーア！

定価1900円＋税

アルゼンチン編
口のなかの小鳥たち
サマンタ・シュウェブリン
松本健二訳

几帳面な男の暮らしに突然入って来たシルビア、そして小鳥を食べる娘サラ。父娘2人の生活に戸惑う父親の行動心理を写しだす表題作など、日常空間に見え隠れする幻想と現実を硬質で簡素な文体で描く15篇。

定価1900円＋税

ロシア編
いろいろのはなし
グリゴリー・オステル
毛利公美訳

閉園後の遊園地で、メリーゴーランドの7頭の馬たちは今夜も園長さんにお話をねだる。お話がお話を生み、そのお話からまた別のお話が……心も頭もあたたまる愉快でエキセントリックな長篇童話。

定価1900円＋税

チェコ編
夜な夜な天使は舞い降りる
パヴェル・ブリッチ
阿部賢一訳

プラハのとある教会では、夜な夜な守護天使たちが集い、ワイン片手に自らが見守っている人間たちの話を繰り広げていた……。天使が語る17篇の日常のファンタジー。

定価1900円＋税

フィンランド編
スフィンクスか、ロボットか
レーナ・クルーン
末延弘子訳

身のまわりに起こりうる断片的な出来事を、子どもの純粋で明晰な視点を通し、存在することの可能性や意味を問いかける珠玉の短篇集。フィンランドの少女は世界になにを夢見るのだろうか……。

定価1900円＋税